JOHN GRISHAM

WITHDRAWN

JOHN GRISHAM

THEODORE BOONE

JOVEN ABOGADO

Traducción de
Fernando Garí Puig

Montena

Theodore Boone. Joven abogado
Título original: *Theodore Boone: Kid Lawyer*

Fotografía de cubierta de niño © 2010, Bob Krasner
Fotografía de cubierta de columnata cortesía de istock.com/Jeremy Edwards
Adaptación de la cubierta original de Deborah Kaplan de Random House Monda-
dori/Judith Sendra

Primera edición en España: mayo de 2011
Primera edición en México: octubre de 2012

© 2010, by Belfry Holdings, Inc.

© 2011, Random House Mondadori, S.A.
        Travessera de Gràcia, 47-49. 08021 Barcelona

D. R. © 2012, Random House Mondadori, S. A. de C. V.
        Av. Homero núm. 544, col. Chapultepec Morales,
        Delegación Miguel Hidalgo, 11570, México, D. F.

© 2011, Fernando Garí Puig, por la traducción

www.megustaleer.com.mx

Comentarios sobre la edición y contenido de este libro a:
megustaleer@rhmx.com.mx

ISBN: 978-607-31-1206-2

Printed in the United States of America - Impreso en los Estados Unidos De America

10 9 8 7 6 5 4 3 2 1

1

Theodore Boone era hijo único, y por esa razón solía desayunar solo. Su padre, un atareado abogado, tenía por costumbre salir temprano de casa y reunirse a las siete de la mañana para tomar café con los amigos y charlar en el mismo bar del centro todos los días. La madre de Theo, que también era una atareada abogada, llevaba diez años intentando perder cinco kilos y por esa razón se había convencido de que el desayuno debía consistir únicamente en un café y un periódico. Así pues, Theo tomaba el desayuno —cereales con leche fría y jugo de naranja— por su cuenta en la mesa de la cocina, con un ojo puesto en el reloj. En casa de los Boone había relojes por todas partes, prueba evidente de que se trataba de gente organizada.

De todas maneras, no estaba completamente solo: junto a él también comía su perro. Judge era un animal callejero cuya edad y pedigrí eran un misterio. Theo lo había salvado de la muerte dos años antes, apareciendo en el último segundo ante el Tribunal de Animales, y Judge le estaba eternamente agradecido. Al igual que su dueño, prefería el cereal con leche entera, nunca desnatada, y ambos comían juntos y en silencio todas las mañanas.

A las ocho en punto, Theo enjuagó su plato en el fregadero, dejó la jarra de jugo y la leche en el refrigerador, fue al estudio de su madre y le dio un beso en la mejilla.

—Me voy al colegio —le dijo.

—¿Tienes dinero para el almuerzo? —le preguntó ella como solía hacer cinco mañanas a la semana.

—Sí, siempre.

—¿Y has hecho toda la tarea?

—Toda, mamá.

—¿Cuándo te veré?

—Pasaré por el despacho al salir de la escuela.

Theo pasaba sin falta por el despacho de su madre todos los días al acabar las clases, pero la señora Boone seguía preguntándoselo.

—Ten cuidado —le dijo—. Y acuérdate de sonreír.

Hacía dos años que Theo llevaba aparatos en los dientes y se moría de ganas de que se los quitaran. Entretanto, su madre no dejaba de recordarle que sonriera e hiciera de este mundo un lugar más feliz.

—Estoy sonriendo, mamá.

—Te quiero, Teddy.

—Y yo a ti.

Theo, que seguía sonriendo a pesar de que lo llamaran «Teddy», se echó la mochila a la espalda, rascó a Judge detrás de las orejas y salió por la puerta de la cocina. Subió a su bicicleta y no tardó en pedalear a toda velocidad por Mallard Lane, una estrecha calle llena de hojas caídas del barrio más antiguo de la ciudad. Al pasar, saludó con la mano al señor Nunnery, que ya estaba en su porche, dispuesto a pasar otro largo día contemplando el escaso tráfico que cruzaba el vecindario; y, en la acera, esquivó a la señora Goodloe sin dirigirle la palabra porque hacía tiempo que ésta había perdido el oído y buena parte de sus facultades mentales. De todas maneras, Theo le sonrió, aunque ella no le devolvió la sonrisa. Sus dientes estaban en algún lugar de su casa.

Era comienzos de primavera, y hacía un día fresco y claro. Theo pedaleaba rápidamente. A las 8:40 pasaban lista con su tutor, y él tenía asuntos importantes que atender antes de la escuela. Cogió un atajo por una callejuela lateral, cruzó un callejón a toda prisa, sorteó algunos coches y se detuvo ante una señal de alto. Aquello era su terreno, el camino que tomaba todos los días. Al cabo de cuatro manzanas las casas dejaron sitio a las oficinas, los comercios y las tiendas.

El tribunal del condado era el edificio más grande de Strattenburg (la central de correos era el segundo; y la biblioteca, el tercero). Se alzaba con aire majestuoso en el lado norte de Main Street, a medio camino entre el puente sobre el río y un parque lleno de cenadores, fuentes para pájaros y monumentos a los caídos en combate. A Theo le encantaba el tribunal, su aire de autoridad, la gente que entraba y salía con aire solemne y los severos boletines que se colgaban en el tablón de anuncios; pero, sobre todo, le gustaban las salas de los juzgados. Había varias pequeñas, donde se ventilaban asuntos que no requerían un jurado, y después estaba la sala principal del primer piso, donde los abogados luchaban igual que gladiadores y donde los jueces reinaban como reyes.

A sus trece años, Theo seguía indeciso acerca de su futuro. Un día soñaba con ser un famoso abogado especializado en pleitos que se ocupaba de casos importantes y nunca perdía ante un jurado; al día siguiente, soñaba con ser un juez eminente, famoso por su sabiduría e imparcialidad. Pasaba de una idea a la otra y cambiaba de opinión todos los días.

Aquel lunes por la mañana, el vestíbulo principal ya estaba lleno, como si abogados y clientes quisieran comenzar la semana temprano. Había mucha gente esperando el ascensor, de modo que Theo corrió escalera arriba y por el ala oeste, donde se hallaba el Tribunal de Familia. Su madre era una destacada especialista en divorcios, que siempre representaba a mujeres, de modo que Theo conocía bien aquel sector del edificio. Dado que las sentencias de divorcio las dictaba un juez, no había necesidad de jurado; y puesto que la mayoría de los jueces no deseaban tener muchos espectadores presenciando cuestiones tan delicadas, la sala era pequeña. Ante la puerta, había varios letrados discutiendo con aires de importancia, pero sin ponerse de acuerdo en gran cosa. Theo buscó por el pasillo, dobló una esquina y vio a su amiga.

Estaba sentada en uno de los viejos bancos de madera, sola, menuda, frágil y nerviosa. Cuando vio a Theo, le sonrió y se cubrió la boca con la mano. Theo se acercó rápidamente y se sentó junto a ella, muy cerca, tanto que sus rodillas se tocaban. Con cualquier otra chica se habría sentado al menos a un par de centímetros de distancia y evitado cualquier posibilidad de contacto.

Pero April Finnemore no era una chica cualquiera. A los cuatro años habían empezado juntos en la guardería que había cerca de la iglesia, y eran amigos desde que tenían uso de razón. No se trataba de un romance. Eran demasiado jóvenes para eso. Theo no conocía un solo chico de trece años de su clase que reconociera tener novia. Más bien al contrario. Ninguno quería saber nada de chicas. Y las chicas opinaban lo mismo. Theo había sido advertido de que algún día eso cambiaría radicalmente, pero no lo creía posible.

April sólo era una amiga, una amiga muy necesitada de ayuda en aquellos momentos. Sus padres se estaban divorciando, y Theo daba gracias al cielo de que su madre no se ocupara del caso.

Aquel divorcio no constituía ninguna sorpresa para nadie que conociera a los Finnemore. El padre de April era un excéntrico vendedor de antigüedades, además de ser batería de un viejo grupo de rock que seguía tocando por las noches en bares e incluso salía de gira durante semanas; su madre criaba cabras y con su leche preparaba un queso que vendía por la ciudad, en un antiguo coche fúnebre reconvertido y pintado de amarillo chillón. En el asiento del pasajero viajaba un viejo mono araña de grises bigotes que mataba el rato comiendo queso, alimento que por otra parte no se vendía demasiado bien. En una ocasión, el señor Boone había descrito a la familia como «poco tradicional», calificativo que Theo interpretó como «muy rara». Tanto el padre como la madre de April habían sido detenidos por posesión de drogas, pero ninguno de los dos fue condenado.

—¿Estás bien? —le preguntó Theo.

—No —contestó ella—. Odio tener que estar aquí.

April tenía un hermano mayor llamado August y una hermana mayor llamada March, y los dos se habían marchado de casa. August lo hizo el día después de graduarse; March, al cumplir los dieciséis, dejando a April para que fuera la única hija que sus padres pudieran atormentar. Theo conocía bien la historia porque ella se la había contado por necesidad. Necesitaba a alguien en quien confiar y que no fuera de la familia. Theo se había convertido en su confidente.

—No quiero vivir con ninguno de los dos —dijo ella.

Era terrible decir algo así de los padres de uno, pero Theo la comprendía perfectamente y despreciaba a los de April por cómo la trataban, por el caos en que vivían, por el modo en que la descuidaban y por su crueldad hacia ella. Theo tenía una larga lista de reproches contra el señor y la señora Finnemore y estaba convencido de que también se habría escapado si hubiera tenido que vivir con ellos. No sabía de ni un solo chico de la ciudad que hubiera puesto el pie en casa de los Finnemore.

El juicio por el divorcio había llegado a su tercer día, y no tardarían en llamar a declarar a April. El juez iba a hacerle la pregunta fatídica: «April, ¿con cuál de tus padres quieres vivir?».

Y ella no sabría qué responder. Había hablado del asunto con Theo durante horas y todavía no sabía qué responder.

Sin embargo, en la mente de Theo, la pregunta era: «¿Por qué los padres de April quieren su custodia?». Tanto el uno como la otra la ignoraban en todos los sentidos. Theo había oído muchas historias, pero nunca había repetido ninguna.

—¿Qué vas a decir? —preguntó.

—Voy a decir al juez que quiero irme a vivir con mi tía Peg, a Denver.

—Creía que ella había dicho que no.

—Y es verdad. Eso dijo.

—Entonces no puedes decirle eso al juez.

—¿Y qué puedo decir, Theo?

—Mi madre dice que deberías escoger a tu madre. Sé que no es tu primera opción, pero la verdad es que no tienes primera opción.

—Pero el juez puede hacer lo que crea mejor, ¿verdad?

—Sí. Si tuvieras catorce años, tu decisión podría ser vinculante; pero, con trece, el juez se limitará a escuchar tus deseos. Según mi madre, este juez casi nunca concede la custodia al padre. No te la juegues. Vete con tu madre.

April llevaba pantalones de mezclilla, botas de excursionista y un suéter azul marino. Casi nunca se vestía como una chica, pero no cabía duda de que lo era. Se enjugó una lágrima que le caía por la mejilla y se las arregló para mantener la compostura.

—Gracias, Theo —le dijo.

—Me gustaría poder quedarme.

—Y a mí me gustaría poder ir al colegio.

Los dos forzaron una sonrisa.

—Pensaré en ti. Sé fuerte.

—Gracias, Theo.

Su juez favorito era el honorable Henry Gantry, y Theo entró en la antesala de su despacho a las ocho y veinte.

—Vaya, buenos días, Theo —lo saludó la señorita Hardy, que estaba revolviendo algo en su café y preparándose para el trabajo del día.

—Buenos días, señorita Hardy —contestó Theo con una sonrisa.

—¿Y a qué debemos este honor? —preguntó ella.

No era tan mayor como su madre, calculaba Theo, y sí muy atractiva. En cualquier caso, se trataba de su secretaria favorita de entre todas las del tribunal. Jenny, del Tribunal de Familia, era su auxiliar favorita.

—Tengo que ver al juez Gantry —contestó—. ¿Está en su despacho?

—Bueno, sí, pero anda muy ocupado.

—Por favor. Sólo será un minuto.

La señorita Hardy tomó un sorbo de café y preguntó:

—¿Tiene algo que ver con el importante juicio de mañana?

—Sí, señora. Me gustaría que mi clase pudiera asistir al primer día del juicio para la asignatura de gobierno, pero antes tengo que asegurarme de que hay asientos suficientes.

—Pues no sabría decírtelo, Theo —contestó la señorita Hardy, frunciendo el entrecejo y meneando la cabeza—. La verdad es que esperamos una gran afluencia de gente y el espacio será justo.

—¿Podría hablar con el juez?

—¿Cuántos son en tu clase?

—Dieciséis. He pensado que quizá podríamos sentarnos en la galería.

La señorita Hardy seguía ceñuda cuando cogió el teléfono y apretó un botón. Esperó un segundo y dijo:

—Sí, señoría, Theodore Boone está aquí y le gustaría verlo. Le he dicho que está usted muy ocupado. —Escuchó un poco más, luego colgó y miró a Theo—. Date prisa —le dijo, indicándole la puerta del despacho del juez.

Segundos más tarde, Theo se hallaba ante el mayor escritorio de la ciudad, un escritorio lleno de todo tipo de papeles, carpetas y archivadores, un escritorio que simbolizaba el enorme poder detentado por el juez Henry Gantry que, en esos momentos, no sonreía. De hecho, Theo estaba convencido de que el juez no había sonreído desde que él lo había interrumpido; aun así, insistió con un prolongado destello metálico de oreja a oreja.

—Expón tu caso —le ordenó el juez.

Theo lo había oído ordenar lo mismo en muchas ocasiones y había visto a abogados, abogados de renombre, levantarse y farfullar en busca de las palabras mientras el juez Gantry los fulminaba con la mirada desde el estrado. En esos momentos, su mirada no era fulminante, y tampoco llevaba su negra toga, pero seguía imponiendo el mismo respeto. Mientras se aclaraba la garganta, Theo vio en sus ojos el guiño inconfundible de un amigo.

—Sí, señor. Bueno, resulta que nuestro profesor de gobierno es el señor Mount, y el señor Mount cree que el director puede darnos permiso para dedicar un día entero a asistir al inicio del juicio de mañana. —Theo se detuvo, respiró hondo y se esforzó por hablar lentamente y con claridad, como habría hecho cualquier buen abogado especialista en juicios—.

Lo que ocurre es que debemos tener garantizado dónde sentarnos. Había pensado que quizás en la galería…

—¿Habías pensado?

—Sí, señor.

—¿Cuántos son?

—Dieciséis, sin contar al señor Mount.

El juez cogió una carpeta, la abrió y empezó a leerla como si, de repente, se hubiera olvidado de que el chico estaba de pie ante él, al otro lado del escritorio. Theo contó para sus adentros unos incómodos dieciséis segundos. Entonces, el juez dijo de repente:

—Diecisiete asientos, galería frontal, lado izquierdo. Daré instrucciones al alguacil para que mañana los acompañe a su sitio a las nueve menos diez. Como es natural, espero un comportamiento impecable.

—No habrá ningún problema, señoría.

—Diré a la señorita Hardy que envíe un correo electrónico al director del colegio.

—Gracias, señoría.

—Ahora puedes marcharte, Theo. Lamento estar tan ocupado.

—No hay problema, señoría.

Theo se escabullía hacia la puerta cuando el juez añadió:

—Dime, Theo, ¿crees que el señor Duffy es culpable?

Theo se detuvo, dio media vuelta y respondió sin vacilar:

—Hasta que no se demuestre lo contrario, es inocente.

—Ya, pero ¿cuál es tu opinión sobre su culpabilidad?

—Creo que lo hizo.

El juez asintió levemente, pero no manifestó conformidad alguna.

—¿Y usted? —quiso saber Theo.

Por fin una leve sonrisa.

—Soy un árbitro imparcial, Theo. No tengo nociones preconcebidas sobre inocencia o culpabilidad.

—Estaba seguro de que diría eso.

—Nos veremos mañana.

Theo abrió la puerta y salió. La señorita Hardy se encontraba de pie, con las manos en las caderas, mirando fijamente a dos azorados letrados que exigían ver al juez. Los tres se callaron en el acto cuando Theo salió del despacho de su señoría y sonrió a la secretaria.

—Gracias —le dijo mientras pasaba ante ella a toda prisa, abría la puerta y desaparecía.

2

El trayecto desde los tribunales hasta el colegio le llevaba unos quince minutos si lo hacía correctamente. Y Theo siempre solía hacerlo de ese modo, salvo cuando llegaba un poco tarde. Así pues, ese día se lanzó por Market Street en dirección contraria, saltó a la calzada cruzándose delante de un coche, tomó un atajo por un aparcamiento, utilizó todas las aceras a su disposición y —su infracción más grave— se metió por entre dos casas de Elm Street. Oyó que alguien le gritaba desde uno de los porches, pero enseguida se encontró a salvo en un callejón que desembocaba en la zona de aparcamiento reservada a los profesores, situada en la parte de atrás de la escuela. Miró el reloj: nueve minutos. No estaba mal.

Dejó su bicicleta en los soportes que había junto a la bandera, la ató con una cadena y entró con un grupo de niños que acababan de llegar con el autobús. La campana de las 8:40 estaba sonando cuando entró a su salón y dio los buenos días al señor Mount, que no sólo le daba clase de gobierno, también era su tutor.

—Acabo de hablar con el juez Gantry —le explicó Theo acercándose al escritorio del profesor, que era mucho más pequeño que el que acababa de ver en el tribunal.

En el aula reinaba el habitual caos de todas las mañanas.

No faltaba ninguno de los dieciséis chicos y todos parecían dedicados a parlotear, bromear o empujarse.

—¿Y qué te ha dicho?

—Que tenemos asientos para primera hora.

—Estupendo. Buen trabajo, Theo.

El señor Mount acabó imponiendo orden y silencio a la clase, pasó lista, hizo los anuncios del día y, diez minutos después, envió a los alumnos por el pasillo a su clase de español con madame Monique. Hubo uno que otro intento de ligue cuando las chicas y los chicos se cruzaron al entrar en sus respectivas aulas. Según la nueva política de segregación de género impuesta por las autoridades docentes, chicas y chicos estaban separados durante las horas lectivas. Durante el resto del tiempo, podían entremezclarse libremente.

Madame Monique era una mujer negra y alta nacida en Camerún, en África occidental. Hacía tres años que se había mudado a Strattenburg, cuando su marido, también camerunés, encontró trabajo de profesor de idiomas en la universidad local. No era la típica maestra de enseñanza media. Ni de lejos. De niña, había crecido en África hablando beti —el dialecto local— y también inglés y francés, que eran las lenguas oficiales de Camerún. Su padre era médico y, por lo tanto, había podido permitirse enviarla a un colegio de Suiza, donde ella había aprendido alemán e italiano. El español lo perfeccionó durante su estancia universitaria en Madrid. En esos momentos estaba estudiando ruso y tenía intención de empezar con el mandarín. Su aula estaba llena de grandes mapas multicolores del mundo, y sus alumnos creían que había estado en todas partes, lo había visto todo y era capaz de hablar en cualquier idioma. «El mundo es muy grande —solía decirles—, y la mayor parte de los habitantes de los demás países hablan más de un idioma.» A pesar de que los alumnos se dedicaban principalmente al español, también los estimulaba para que se atrevieran con otras lenguas.

La madre de Theo llevaba años estudiando español y Theo había aprendido de ella las palabras y frases más básicas. Algunos de sus clientes eran latinos, y siempre que Theo se los encontraba en el despacho le gustaba practicar. A ellos no parecía disgustarle.

Madame Monique le había dicho que tenía facilidad para los idiomas, y eso lo había estimulado para estudiar con más ahínco. Sus alumnos más espabilados solían decirle a menudo «diga algo en alemán» o «hable un poco de italiano». Ella los complacía, pero el estudiante que lo había pedido tenía que ponerse primero en pie y decir algo en ese idioma. La mayor parte de los compañeros de Theo sabían algunas palabras en varias lenguas. Aaron, cuya madre era española y el padre alemán, era por mucho el lingüista más dotado de la clase. De todas maneras, Theo estaba empeñado en ponerse a su altura. Después de gobierno, la clase de español era su favorita, y madame Monique ocupaba el segundo lugar entre sus profesores favoritos, después del señor Mount.

Sin embargo, aquel día le estaba costando concentrarse. Estudiaban los verbos españoles, una tarea tediosa en el mejor de los casos, y Theo tenía la cabeza en otra parte. Le preocupaba April y el mal rato que iba a pasar declarando. Le costaba imaginar el horror que debía de suponer tener que escoger entre su padre o su madre. Cuando consiguió apartar a April de sus pensamientos, no pudo evitar consumirse de impaciencia ante el juicio por asesinato del día siguiente y por presenciar la exposición inicial de las partes.

La mayoría de sus compañeros de clase soñaba con conseguir entradas para los grandes partidos o los conciertos importantes; en cambio Theo sólo vivía para los grandes juicios.

La segunda clase fue geometría, con la señorita Garman, y después hubo un descanso en el patio, tras el cual la clase regresó con su tutor el señor Mount, para, en opinión de Theo, disfrutar del mejor momento del día. El señor Mount tenía treinta y tantos años y había trabajado como abogado de un gigantesco bufete en un gran rascacielos de Chicago. Su hermano era abogado. Su padre y su abuelo habían sido letrado y juez respectivamente. Sin embargo, él había acabado cansándose de la presión y de las largas horas de trabajo y lo había dejado. Había renunciado a ganar un montón de dinero a favor de algo que le parecía mucho más estimulante. Le encantaba enseñar y, aunque seguía considerándose abogado, opinaba que un aula era mucho más importante que un tribunal.

Y puesto que conocía tan bien el mundo del derecho, dedicaba la mayor parte del tiempo de su clase de gobierno a comentar casos concretos, tanto antiguos como de actualidad, e incluso los ficticios que salían en televisión.

—Muy bien, chicos —empezó diciendo cuando todos estuvieron sentados. Siempre se dirigía a ellos llamándolos chicos, y para unos muchachos de trece años no podía haber mayor cumplido que ése—. Mañana los quiero a todos aquí a las ocho y cuarto. Tomaremos el autobús para ir al tribunal y quiero que lleguemos con tiempo de sobra. Se trata de una salida con el visto bueno del director, de modo que quedarán eximidos de las demás clases. Traigan dinero para comer y almorzaremos en Pappy's Deli. ¿Alguna pregunta?

Los chicos no se habían perdido una palabra, y sus rostros estaban llenos de expectación.

—¿Qué hay de las mochilas? —preguntó alguien.

—Nada de mochilas —contestó el señor Mount—. No pueden llevar nada al tribunal. Las medidas de seguridad serán estrictas. Al fin y al cabo, es el primer juicio por asesinato que tenemos en mucho tiempo. ¿Alguna pregunta más?

—¿Cómo debemos ir vestidos?

Lentamente, todas las miradas se volvieron hacia Theo, incluida la del señor Mount. Era bien sabido que Theo pasaba más tiempo en los tribunales que la mayoría de los abogados.

—¿Saco y corbata? —preguntó Mount.

—No, para nada. Como vamos vestidos ahora está bien.

—Estupendo. ¿Más preguntas? ¿No? Bien. He pedido a Theo que nos haga una especie de puesta en escena de lo que veremos mañana, que nos muestre la sala del juicio, a los participantes y que nos explique un poco lo que vamos a ver. Adelante, Theo.

La computadora ya estaba conectada al proyector del techo, así que Theo caminó hasta la mesa que había junto a la pizarra y apretó una tecla. Un gran diagrama apareció en la blanca superficie del encerado.

—Esto que ven es un esquema de la sala principal del tribunal —dijo con su mejor dicción de letrado. Tomó un puntero láser, y un punto rojo bailoteó por el diagrama—. Aquí, al fondo y en el centro, está el estrado, que es donde se sienta el juez que dirige el juicio. No sé por qué lo llaman «estrado», ya que se parece más a un trono, pero da igual. El juez es su señoría Henry Gantry. —Dio a otra tecla y una gran foto del juez Gantry, muy formal con su toga y aire de severidad, apareció en pantalla. Theo la redujo de tamaño, la arrastró hasta situarla en el estrado y prosiguió—: El juez Gantry lleva veinte años ejerciendo y sólo se ocupa de delitos mayores. Dirige el tribunal con mano firme y cae bien a la mayoría de los abogados. —El puntero láser se trasladó al centro de la sala—. Aquí está la mesa de la defensa, donde se sentará el señor Duffy, el acusado de asesinato. —Theo apretó una tecla, y apareció una foto en blanco y negro sacada de los diarios—. Éste es el señor Duffy, de cuarenta y nueve años de edad, casado con la difunta señora Duffy. Lo único que sabemos de él es que está acusado de haber asesinado a su esposa. —Redujo la foto y la depositó en la mesa de la defensa—. Su abogado es Clifford Nance, probablemente el mejor criminalista de esta parte del estado. —Nance apareció en color, con su larga y ondulada cabellera gris, vestido con traje oscuro y sonriendo maliciosamente. Su foto fue reducida y situada al lado de la de su cliente—. Junto a la mesa de la defensa está la de la acusación. El fiscal encargado del caso es Jack Hogan, que también ocupa el cargo de fiscal del Distrito. —La foto de Hogan apareció en grande unos segundos antes de ser reducida y colocada en la mesa correspondiente.

—¿De dónde has sacado esas fotos? —preguntó alguien.

—Todos los años, el Colegio de Abogados publica un directorio de todos los abogados y jueces en ejercicio —contestó Theo.

—¿Y tú estás incluido en él? —Aquello despertó risas generales.

—No, claro que no. Bueno, habrá más abogados y auxiliares sentados a las mesas de la defensa y la acusación. Esta zona suele estar llena. En este lado, junto a la mesa de la defensa, se encuentra el recinto del jurado. Tiene catorce asientos, doce para los miembros del jurado y otros dos para suplentes. La mayoría de los estados utiliza aún el sistema de doce miembros, pero no es raro encontrar un número diferente. Sea cual sea éste, el veredicto debe ser por unanimidad, por lo menos en los delitos de sangre. En caso de que algún miembro del jurado se ponga enfermo o se excuse por alguna razón, se le busca un sustituto. El jurado fue seleccionado la semana pasada, de manera que no tendremos que verlo, y es mejor porque resulta muy aburrido. —El puntero se situó ante el estrado—. Aquí se sienta el relator o la relatora. En este caso es una mujer la que maneja el estenógrafo, que es un artefacto de aspecto parecido a una máquina de escribir, pero distinto. Su trabajo consiste en anotar todas las palabras que se digan durante el juicio. Dicho así, puede parecer imposible, pero ella hace que sea fácil. Una vez finalizado el juicio, preparará lo que se llama una «transcripción fidedigna», de modo que el juez y los letrados tengan constancia de todo. Algunas transcripciones tienen miles de páginas. —El puntero se movió de nuevo—. Aquí, cerca de la relatora y junto a la silla del juez, está la silla de los testigos. Cualquiera que deba prestar declaración tiene que levantarse y jurar decir la verdad antes de sentarse aquí.

—¿Y nosotros dónde nos sentamos?

El punto rojo se movió hasta el centro del diagrama.

—Aquí hay una barandilla de madera que separa la zona del público. Ésta tiene diez filas de asientos y un pasillo central. Normalmente hay sitio de sobra, pero en este juicio será diferente. —El puntero señaló la parte de atrás de la sala—. Aquí arriba, un piso por encima de las últimas filas, hay una galería con tres filas de bancos. Nosotros nos sentaremos allí, pero no se preocupen: podremos verlo y oírlo todo perfectamente.

—¿Alguna pregunta? —intervino el señor Mount.

Los chicos miraban el diagrama con ojos muy abiertos.

—¿Quién empieza? —preguntó alguien.

Theo se puso a caminar.

—Bueno, el Estado, en este caso la fiscalía, es quien debe demostrar la culpabilidad del acusado, de modo que presentará el caso en primer lugar. Es lo que se llama «exposición inicial», y sirve para que el fiscal plantee el caso. A continuación, la defensa hará lo mismo. A partir de ahí, la acusación empezará a llamar a los testigos. Como saben, el señor Duffy goza de la presunción de inocencia, de manera que el fiscal tiene que demostrar que es culpable más allá de cualquier duda razonable. En este caso, el acusado se ha declarado inocente, lo cual no es frecuente. Un ochenta por ciento de los acusados de asesinato se declara culpable porque en realidad lo son. El veinte por ciento restante prefiere ir a juicio, aunque de ellos el noventa por ciento es declarado culpable. La verdad es que un acusado de asesinato casi nunca es declarado inocente.

—Mi padre cree que es culpable —dijo Brian.

—Hay mucha gente que opina lo mismo —convino Theo.

—¿Cuántos juicios has visto, Theo?

—No lo sé. Muchos. —Teniendo en cuenta que ninguno de sus quince compañeros había visto jamás un tribunal, aquellas palabras resultaban increíbles—. Lo que sí quiero decirles a los que ven mucha televisión es que no esperen nada espectacular. Un juicio de verdad es otra cosa y no es ni la mitad de emocionante. No hay testigos sorpresa, confesiones inesperadas ni broncas entre los abogados. Además, en este caso concreto, no hay testigos visuales del crimen. Eso quiere decir que todas las pruebas de la acusación serán circunstanciales. Ésa es una palabra que escucharán a menudo, especialmente en boca de Clifford Nance, el abogado defensor. Seguro que no perderá ocasión de insistir en que el fiscal no tiene ninguna prueba directa y que todas son circunstanciales.

—¿Qué quiere decir «circunstancial»? —preguntó uno de los alumnos.

—Quiere decir que las pruebas son indirectas. Te pondré un ejemplo. ¿Hoy has venido en bicicleta al colegio?

—Sí.

—¿Y la has atado con una cadena a los soportes que hay junto al mástil de la bandera?

—Sí.

—Bueno, pues cuando salgas esta tarde, vayas a buscar tu bici y veas que no está y que alguien ha cortado la cadena, tendrás una prueba indirecta de que alguien te la ha robado. Nadie ha visto al ladrón, de modo que no hay una prueba directa. Ahora supongamos que la policía encuentra mañana tu bici en la tienda de empeños de Raleigh Street, que es un sitio conocido por traficar con mercancía robada. El propietario da un nombre a la policía, ésta investiga y localiza a un tipo que tiene un historial de antecedentes por robo de bicis. Bueno, pues ahí tienes un montón de pruebas indirectas para acusar a ese tipo de haberte robado la bici. No se trata de pruebas directas, son circunstanciales.

Incluso el señor Mount asentía. Ejercía como asesor del equipo de debate de octavo grado y, evidentemente, Theodore Boone era su alumno estrella. Nunca había tenido un discípulo tan despierto.

—Gracias por tu exposición, Theo —dijo—. Y gracias por conseguirnos asientos para mañana por la mañana.

—No ha sido nada —respondió Theo, volviendo a su asiento, muy orgulloso.

Se trataba de una clase brillante de un importante colegio público. Justin era de lejos el mejor atleta, aunque no llegaba a nadar tan rápido como Brian. Ricardo les ganaba a todos en golf y tenis. Edward tocaba el violonchelo; Woody, la guitarra eléctrica; Darren, la batería, y Jarvis, la trompeta. Joey tenía el coeficiente intelectual más alto, y era quien sacaba mejores notas. Chase era el científico loco que siempre amenazaba con volar el laboratorio de química. Aaron hablaba español por su madre, alemán por su padre y, naturalmente, inglés. Brandon repartía diarios a primera hora de la mañana, operaba en bolsa en Internet y tenía pensado convertirse en el primer millonario del grupo.

Naturalmente, la clase también tenía dos idiotas irrecuperables y un delincuente en potencia.

Incluso contaba con su propio abogado, y eso, para el señor Mount, era una novedad.

3

El bufete de Boone & Boone tenía sus oficinas en una vieja casa reconvertida de Park Street, a tres manzanas de Main y a diez minutos andando de los tribunales. Había muchos abogados en el barrio, y todos los edificios de Park se habían convertido en despachos de abogados, arquitectos, contables, ingenieros y demás.

El bufete contaba con dos letrados, el señor Boone y la señora Boone, que eran socios a partes iguales en el sentido más amplio de la palabra. El señor Boone, el padre de Theo, tenía cincuenta y pocos años, pero parecía más viejo, al menos ésa era la opinión que su hijo se guardaba mucho de compartir. Se llamaba Woods, nombre que a Theo le parecía más adecuado como apellido: Tiger Woods, el golfista; James Woods, el actor. Theo seguía buscando otra persona que se llamara Woods de nombre, aunque tampoco dedicaba demasiado tiempo a preocuparse por semejante minucia. Procuraba no dar vueltas a las cosas que escapaban de su control.

Woods Boone. A veces, Theo pronunciaba el nombre muy deprisa y le sonaba a *woodspoon*. Lo había comprobado, y *woodspoon* no significaba realmente cuchara de madera, por mucho que a él se le antojara posible. Una cuchara de madera era una *wooden spoon* no una *woodspoon*. Pero ¿quién usaba hoy día una cuchara de madera? ¿Y por qué preocuparse por algo tan trivial? Fuera como fuese, al igual que esas costumbres de las que uno no sabe cómo deshacerse, Theo pensaba en la palabra *woodspoon* cada vez que se acercaba al despacho de su padre y veía su nombre escrito con letras negras en la puerta.

La oficina estaba en el primer piso, al final de unos endebles escalones cubiertos por una sucia y desgastada alfombra. El señor Boone ocupaba, él solo, el primer piso pues las señoras de abajo lo habían enviado allí por dos razones: la primera, porque era muy desordenado y tenía el despacho hecho un desastre, aunque a Theo le encantaba; y la segunda, porque el señor Boone fumaba pipa y prefería hacerlo con las ventanas cerradas y el ventilador del techo apagado, de modo que el aire se llenara del aromático humo del tabaco que ese día hubiera elegido. El humo tampoco molestaba a Theo que, no obstante, sí se preocupaba por la salud de su progenitor. El señor Boone no sentía especial afición por mantenerse en forma. Hacía poco ejercicio y adolecía de cierto sobrepeso. Trabajaba duro y dejaba sus problemas en el despacho, a diferencia de su socia, la madre de Theo.

El señor Boone era abogado especialista en derecho inmobiliario, y en opinión de Theo, ésa era una de las ramas más aburridas de la abogacía. Su padre nunca iba a los tribunales, nunca argumentaba ante un juez, nunca se dirigía a un jurado; y nunca, según parecía, salía del despacho. Lo cierto era que hablaba de sí mismo como de un «abogado de oficina» y que el apelativo no parecía disgustarle. Theo admiraba a su padre, desde luego, pero no tenía la menor intención de pasar su vida profesional encerrado como él. No señor. Theo se veía destinado a las salas de los tribunales.

Dado que el señor Boone estaba solo en el primer piso, su despacho era enorme. Largas y vencidas estanterías llenaban dos de las paredes, mientras que las dos restantes mostraban una creciente colección de fotografías enmarcadas en las que Woods aparecía haciendo toda clase de cosas importantes: estrechando la mano de políticos, posando con colegas en las reuniones del bar y esas cosas. Theo había visto el interior de otros despachos de abogados de la ciudad —era inquieto y tenía la costumbre de meter las narices en todas partes— y ya sabía que a los abogados les gustaba llenar las paredes con ese tipo de fotos, junto con sus títulos, diplomas y certificados de pertenencia a tal o cual club. Su madre la llamaba «La pared del ego» en tono burlón, seguramente porque las de su despacho estaban prácticamente desnudas, aparte de unas pocas muestras de arte contemporáneo.

Theo llamó a la puerta al mismo tiempo que la abría. Se suponía que debía ir a saludar a sus padres todas las tardes después del colegio, a menos que tuviera algo importante que hacer en otra parte. Su padre estaba sentado tras un antiguo escritorio repleto de papeles. Siempre estaba solo porque sus clientes rara vez se dejaban caer por su despacho; lo llamaban o le enviaban cosas por correo, fax o correo electrónico, pero no necesitaban pasar por Boone & Boone para que los asesoraran.

—Hola —dijo Theo, dejándose caer en la silla.

—¿Has tenido un buen día en el colegio? —preguntó su padre, como todos los días.

—Bastante bueno. El director ha dado el visto bueno para nuestra visita a los tribunales mañana. A primera hora he ido a ver al juez Gantry, y me ha prometido que nos sentaría en la galería.

—Eso ha sido amable de su parte. Has tenido suerte porque mañana asistirá media ciudad.

—¿Tú piensas ir?

—¿Yo? No —contestó su padre, señalando las montañas de papel que tenía delante como si requirieran su atención inmediata.

Theo había oído una conversación entre sus padres en la que se habían prometido solemnemente no acercarse al tribunal mientras durara el juicio por asesinato. Al fin y al cabo, ellos eran unos abogados muy ocupados y no estaba bien que perdieran el tiempo asistiendo al juicio de otra persona. A pesar de todo, Theo sabía que deseaban ir tanto como todo el mundo en la ciudad.

Su padre y su madre, aunque ésta en menor medida, utilizaban la excusa de que tenían mucho trabajo siempre que no querían hacer algo.

—¿Cuánto durará el juicio? —preguntó Theo.

—Por ahí se dice que puede que una semana.

—La verdad es que me gustaría verlo entero.

—Ni pienses en ello, Theo. Ya he hablado con el juez Gantry. Si te ve en la sala cuando se supone que debes estar en el colegio, interrumpirá la vista, ordenará al alguacil que te detenga y te encierre. Y como yo no pienso pagar la fianza para sacarte de la cárcel, te pasarás allí días y días, encerrado con vulgares borrachos y pandilleros.

Dicho eso, el señor Boone cogió una pipa, la encendió y empezó a echar humo igual que una chimenea. Padre e hijo se miraron fijamente. Theo no estaba seguro de si bromeaba, pero su expresión era totalmente seria. Él y el juez Gantry eran viejos amigos.

—Lo dices en broma, ¿no? —se atrevió a preguntar al fin.

—En parte. Claro que te sacaría de la cárcel, pero es verdad que he hablado con Gantry.

Theo empezó a idear posibles maneras de asistir al juicio sin que su señoría lo viera. Saltarse el colegio era la parte más fácil.

—Y ahora vete —le dijo su padre—. Tienes que hacer la tarea.

—Nos vemos luego.

Abajo, la puerta de entrada estaba custodiada por una mujer que era casi tan vieja como el edificio. Su nombre era Elsa, y de apellido se llamaba Miller, aunque tanto para Theo como para todo el mundo eso quedaba excluido. Fuera cual fuera su edad, que nadie sabía a ciencia cierta, insistía en que todos la llamaran Elsa, incluso los niños de trece años. Elsa llevaba trabajando para los Boone desde antes de que Theo naciera. Hacía de recepcionista, secretaria, coordinadora del despacho e incluso de auxiliar legal cuando era necesario. Se podía decir que era ella quien llevaba el bufete y, de vez en cuando, incluso se veía obligada a mediar en las pequeñas desavenencias que se producían entre el Boone del piso de arriba y la Boone de la planta baja.

Elsa era un personaje muy importante en la vida de los Boone, y Theo la consideraba su amiga y confidente.

—Hola, Elsa —la saludó, deteniéndose ante su mesa y preparándose para darle un abrazo.

Ella se levantó, alegre como siempre, y lo estrechó con fuerza. Luego, lo miró de arriba abajo y preguntó.

—¿Ayer no llevabas la misma camisa?

—No —contestó Theo, diciendo la verdad.

—Me parece que sí.

—Lo siento, Elsa.

A menudo, ella le hacía comentarios sobre su atuendo y, para un chico de trece años, resultaba una pesadez. Sin embargo, hacía que Theo se mantuviera despierto. Alguien lo observaba y tomaba buena nota, de manera que pensaba en Elsa con frecuencia cuando se vestía a toda prisa por las mañanas. Otra molesta costumbre que no sabía cómo quitarse de encima.

El guardarropa de Elsa era legendario. Era muy baja y menuda —«Te podrías poner cualquier cosa», le había comentado su madre muchas veces— y prefería la ropa ceñida y de colores llamativos. Ese día llevaba un pantalón de cuero negro con una especie de suéter de color verde chillón que a Theo le hizo pensar en un espárrago. Se había peinado los cortos cabellos grises en punta y con fijador. Sus gafas, como de costumbre, eran a juego con el color del conjunto: ese día, verdes. Elsa era cualquier cosa menos aburrida. Puede que estuviera a punto de cumplir los setenta, pero no envejecía discretamente.

—¿Está mi madre? —preguntó Theo.

—Sí, y la puerta está abierta. —Elsa volvió a su asiento, y Theo se alejó.

—Gracias.

—Ha llamado uno de tus amigos.

—¿Ah, sí? ¿Quién?

—Dijo que se llamaba Sandy y que quizá vendría.

—Gracias.

Theo se internó por el pasillo y se detuvo ante una puerta para decir hola a Dorothy, la secretaria de inmobiliario, una agradable señora que era tan aburrida como su jefe del piso superior. Siguió adelante y se detuvo nuevamente para decir hola a Vince, el auxiliar de toda la vida que trabajaba en los casos de la señora Boone.

Marcella Boone se hallaba al teléfono cuando Theo entró y se sentó. Su mesa, de cristal y hierro cromado, estaba pulcramente ordenada y dejaba a la vista casi toda su superficie, marcando un notable contraste con la de su marido. Los expedientes recientes estaban pulcramente guardados a su espalda, en un archivador. Todo se encontraba en su sitio, salvo sus zapatos, que no estaban en sus pies, sino aparcados cerca. Eran de tacón, lo cual para Theo significaba que esa mañana había estado en el juzgado. Su traje de saco de color vino lo confirmaba. Su madre siempre iba guapa y bien arreglada, pero los días en que debía acudir a los tribunales hacía un esfuerzo especial.

«Los hombres pueden ir hechos unos cerdos —comentaba a menudo—, pero se supone que las mujeres han de tener buen aspecto. ¿Te parece justo?»

Elsa siempre convenía que no era justo en absoluto.

Lo cierto era que la señora Boone disfrutaba gastándose el dinero en ropa elegante y en estar guapa. Al señor Boone la moda le tenía sin cuidado; y la pulcritud, aún más. Sólo se llevaba tres años con su mujer, pero en espíritu, eran décadas.

En ese momento, Marcella Boone estaba hablando con un juez que no parecía mostrarse de acuerdo con ella. Cuando por fin colgó, su actitud cambió rápidamente.

—Hola, cariño —dijo a Theo con la mejor de sus sonrisas—. ¿Qué tal tu día?

—Estupendo, mamá. ¿Y el tuyo?

—Como de costumbre. ¿Algo nuevo en el colegio?

—Sólo una salida para mañana, para ver el juicio. ¿Piensas asistir?

Su madre negó con la cabeza antes de responder.

—No. Mañana tengo una vista a las diez con el juez Sandford. Estoy demasiado ocupada para ir a ver un juicio, Theo.

—Papá dice que ya ha hablado con el juez Gantry y que tienen un plan para mantenerme alejado del tribunal. ¿Crees que es verdad?

—Al menos, espero que lo sea. El colegio es más importante.

—El colegio es un aburrimiento, mamá. Sólo me gustan dos materias. Todo lo demás es una pérdida de tiempo.

—Yo no diría que tu educación sea una pérdida de tiempo.

—Puedo aprender mucho más en los tribunales.

—Quizá, pero ya tendrás ocasión algún día de pasar allí tanto tiempo como quieras. Por el momento nos concentraremos en el octavo curso, ¿está bien?

—He pensado en apuntarme a algún cursillo de derecho en Internet. Hay una web increíble que tiene cantidad de cosas.

—Theodore, cariño, no estás preparado para la facultad de derecho. Ya hemos hablado de esto. Disfruta de octavo y, luego, pasa al instituto y a lo que venga después. Tienes que disfrutar de las cosas de tu edad.

Theo se encogió de hombros y no dijo nada.

—Bueno, ahora a hacer la tarea —le dijo su madre. El teléfono sonó. Elsa le pasaba otra llamada importante—. Ahora tienes que disculparme, Teddy, y por favor, sonríe.

Theo salió del despacho y, cargado con su mochila, cruzó el cuarto de la fotocopiadora —que, como de costumbre, era un completo desorden— y dos habitaciones que hacían de almacén y se hallaban repletas de cajas y archivos viejos.

Estaba seguro de que era el único chico de octavo de todo Strattenburg que tenía su propio despacho de abogado. Se trataba de un cubículo que alguien había añadido años atrás al edificio. Antes de que Theo lo ocupara, lo habían utilizado para guardar viejos libros de leyes prescritas. Su escritorio era una vieja mesa de jugar cartas que no estaba tan ordenada como la de su madre, pero sí mucho más que la de su padre. Tenía una gastada silla giratoria que había rescatado cuando sus padres remozaron la biblioteca que había en la planta baja, junto al escritorio de Elsa.

Encontró a su perro acurrucado en ella. Judge pasaba todos los días en el bufete, dormitando o dando vueltas sin hacer ruido, intentando evitar a los humanos porque siempre estaban muy ocupados y no hacían más que echarlo de todas las reuniones. Por la tarde iba al cubículo de Theo, se encaramaba a la silla y lo esperaba.

—Hola, Judge —lo saludó, rascándole la cabeza—. ¿Has tenido un buen día?

Judge saltó al suelo y meneó el rabo. La viva imagen de un perro feliz. Theo se instaló en su silla, dejó la mochila encima de la mesa y echó un vistazo en derredor. En una de las paredes había clavado un póster de los Mellizos con el calendario de la temporada. Por lo que sabía, era el único seguidor de los Mellizos en la ciudad. Minnesota se hallaba a mil kilómetros de distancia y él nunca había estado allí. Era seguidor de aquel equipo porque nadie más en Strattenburg lo era y le parecía justo que al menos hubiera uno en la ciudad. Se había decidido por los Mellizos años atrás y, en esos momentos, se aferraba a ellos con una lealtad que la larga temporada ponía a prueba.

En otra pared había un gran dibujo, medio caricatura, de Theo Boone, abogado en ejercicio, vestido con saco y corbata, compareciendo ante un tribunal. En el dibujo, el mazo del juez pasaba volando junto a su cabeza y en el globo de texto se leía: «¡Protesta rechazada!», mientras al fondo se veía al jurado retorciéndose de risa a su costa. En la esquina inferior derecha, el artista había garabateado su nombre: «April Finnemore». Ella se lo había regalado por su cumpleaños, el año anterior. En esos momentos, el sueño de April era escapar a París y pasar el resto de su vida pintando y dibujando escenas callejeras.

Una puerta conducía al pequeño porche que daba al patio trasero, que estaba cubierto de gravilla y servía de estacionamiento.

Como hacía siempre, vació la mochilla y empezó su tarea, que, según la rígida norma impuesta por sus padres en primero, debía estar acabada antes de la hora de la cena. Una dolencia asmática mantenía a Theo alejado del equipo de deporte en el que ansiaba jugar, pero al mismo tiempo le aseguraba buenas notas en el colegio. Con los años había llegado a aceptar a regañadientes que sus éxitos académicos eran un buen sustituto de los partidos que añoraba. A pesar de todo, podía jugar golf, y él y su padre salían al campo todos los sábados, a las nueve de la mañana.

Alguien llamó a la puerta de atrás, y Judge, que estaba acurrucado bajo la mesa, gruñó.

Sandy Coe también estaba en octavo, pero en una clase distinta. Theo lo conocía, aunque no demasiado. Era un chico agradable pero muy callado. Necesitaba hablar, y Theo le dio la bienvenida a su cuarto. Sandy cogió la otra silla que quedaba, una plegable que Theo tenía en el rincón. Cuando los dos estuvieron sentados, el cubículo quedó lleno.

—¿Podemos hablar de tú a tú? —preguntó Sandy, que parecía tímido, además de nervioso.

—Claro. ¿Qué pasa?

—Bueno, necesito un consejo. Al menos eso creo. No estoy seguro de esto, pero tengo que contárselo a alguien.

—Te prometo que todo lo que me digas lo consideraré estrictamente confidencial —contestó Theo, el gran asesor.

—Está bien. A mi padre lo despidieron hace unos meses, y las cosas en casa se han puesto bastante mal. —Hizo una pausa, esperando a que Theo dijera algo.

—Lo siento.

—La otra noche, mis padres tuvieron una discusión muy seria en la cocina. Yo no tendría que haber escuchado, pero no lo pude evitar. ¿Sabes lo que significa «embargo preventivo»?

—Sí.

—¿Y qué es?

—En la actualidad hay distintas variantes. Significa que cuando una persona que es propietaria de una casa no puede pagar los plazos de la hipoteca, el banco se va a quedar con la casa.

—No entiendo nada.

—Está bien. Mira, funciona así —Theo cogió un libro de bolsillo y lo puso encima de la mesa—. Supongamos que esto es una casa y que tú quieres comprarla. Vale cien mil dólares, y puesto que tú no tienes tanto dinero, vas al banco y pides que te lo presten. —Puso un libro de texto junto al de bolsillo—. Y esto es el banco.

—Entendido.

—El banco te presta los cien mil, y entonces ya puedes comprar la casa a quien sea que la venda. Pero tú acuerdas con el banco pagarle quinientos dólares todos los meses durante, pongamos… treinta años.

—¡Treinta años!

—Sí. Ése es el trato más común. El banco te carga una cantidad añadida por darte el préstamo; es lo que se llama «interés». De ese modo, tú pagas al banco todos los meses una parte de los cien mil más un pellizco en intereses. Es un buen trato para todos. Tú consigues la casa que quieres, y el banco gana dinero con los intereses. Todo va bien hasta que pasa algo y no puedes hacer tus pagos todos los meses.

—¿Qué es una hipoteca?

—Un trato así se llama una «hipoteca». El banco tiene un derecho preferente sobre tu casa hasta que el préstamo se ha devuelto entero. Cuando no cumples con el pago de los plazos, el banco tiene derecho a quedarse tu casa. El banco te pone de patitas en la calle y se la queda. Eso se hace mediante un juicio hipotecario —concluyó, poniendo el libro de texto sobre el de bolsillo, aplastándolo.

—Mi madre se puso a llorar cuando hablaron de mudarse. Yo he vivido en esa casa desde que nací.

Theo abrió su lap-top y la puso en marcha.

—Es terrible —comentó—, y últimamente pasa mucho.

Sandy bajó la cabeza con aire abatido.

—¿Cómo se llama tu padre? —preguntó Theo.

—Thomas, Thomas Coe.

—¿Y tu madre?

—Evelyn.

Theo empezó a teclear.

—¿Dónde vives?

—En Bennington ochocientos catorce.

Theo tecleó un rato más mientras los dos permanecían en silencio.

—¡Vaya! —exclamó al cabo de un momento.

—¿Qué pasa?

—El banco es el Security Trust, de Main Street. Hace catorce años tus padres contrataron una hipoteca de ciento veinte mil dólares por un periodo de treinta años. No han hecho los pagos de los últimos cuatro meses.

—¿Cuatro meses?

—Sí.

—¿Y todo esto está en Internet?

—Sí, pero no todo el mundo puede encontrarlo.

—¿Y tú cómo lo has conseguido?

—Hay maneras. Muchos bufetes pagan una cuota para tener acceso a cierta información. Además, yo sé cómo bucear más hondo.

Sandy se encogió un poco más y meneó la cabeza.

—¿Quiere decir que vamos a quedarnos sin nuestra casa?

—No exactamente.

—¿Qué quieres decir? Mi padre no tiene trabajo.

—Hay una manera de interrumpir un embargo preventivo, retorcerle el brazo al banco y conservar la casa durante un tiempo, quizás hasta que tu padre vuelva a encontrar trabajo.

Sandy parecía completamente confundido.

—¿Has oído hablar alguna vez de una quiebra?

—Supongo, pero no tengo ni idea de qué es.

—Es su única opción. Tus padres no tendrán más remedio que declararse en quiebra. Eso significa que tienen que contratar a un abogado para que presente en su nombre la solicitud de quiebra ante el tribunal correspondiente.

—¿Cuánto cuesta un abogado?

—No te preocupes por eso ahora. Lo importante es ir a ver a un abogado.

—¿Y no puedes ocuparte tú?

—Lo siento, mis padres no se especializan en quiebras. Pero cerca de aquí hay un tipo muy bueno. Se llama Steve Mozingo. Mis padres le envían clientes. Les cae muy bien.

Sandy apuntó el nombre.

—¿Y tú crees que podremos conservar nuestra casa?

—Sí, pero tus padres tienen que ir a ver a ese tipo lo antes posible.

—Gracias, Theo. No sé qué decir.

—Tú tranquilo. Estoy encantado de ayudar.

Sandy salió a toda prisa, como si fuera a correr hasta su casa con las buenas noticias. Theo lo observó subir a su bicicleta y desaparecer por la parte de atrás del estacionamiento.

Otro cliente satisfecho.

4

Quince minutos antes de que dieran las cinco de la tarde, la señora Boone entró al despacho de Theo con una carpeta en una mano y un documento en la otra.

—Theo —le dijo, con sus gafas de lectura apoyadas en la punta de la nariz—, por favor, ¿puedes llevar esto al Tribunal de Familia para que les den entrada en el registro antes de las cinco?

—Claro, mamá.

Theo se levantó de un salto y cogió su mochila. Llevaba rato deseando que alguien del bufete necesitara llevar algún documento al juzgado.

—Has terminado la tarea, ¿verdad?

—Sí. No tenía mucha.

—Bien. Y hoy es lunes. Irás a ver a Ike, ¿no? Para él significa mucho.

Todos los lunes de su vida, su madre le recordaba que ese día era lunes, y eso suponía dos cosas: una, que debía pasar al menos treinta minutos con Ike; y dos, que la cena sería comida italiana en Robilio's. La visita a Robilio's era más agradable que la visita a Ike.

—Sí, mamá —contestó, metiendo en su mochila la carpeta que ella le entregó—. Te veré en Robilio's.

—Sí, cariño. A las siete.

—Entendido —dijo, abriendo la puerta de atrás. Antes de salir le explicó a Judge que volvería en unos minutos.

La cena siempre era a las siete. Cuando cenaban en casa, cosa que no sucedía a menudo porque a su madre no le gustaba cocinar, lo hacían a las siete. Cuando salían, lo hacían a las siete. Cuando estaban de vacaciones, lo hacían a las siete. Cuando iban a casa de sus amigos, no eran tan groseros para sugerir una hora concreta pero, puesto que sus anfitriones sabían lo importante que era para la familia Boone cenar a las siete, solían complacerlos. Cuando Theo se quedaba en casa de algún compañero, iba de campamento o estaba fuera de la ciudad por alguna razón, se daba el gustazo de cenar antes de las siete o después.

Cinco minutos después, estacionó su bicicleta en los soportes destinados al efecto que había ante los juzgados y la ató con una cadena. El Tribunal de Familia se hallaba en el segundo piso, junto al Tribunal de Testamentarías, al final del pasillo donde estaba el de Penal. En el edificio había otros muchos tribunales: el de Tráfico, el Inmobiliario, el de Delitos Menores, el de Drogas, el de Animales, el Civil, el de Quiebras y seguramente alguno más que todavía no había descubierto.

Confiaba en ver a April, pero no la encontró. La sala estaba desierta, y no se veía a nadie por los pasillos.

Abrió la puerta de vidrio del despacho del auxiliar y entró. Jenny, la guapa Jenny, lo estaba esperando.

—Hola, Theo —lo saludó con una gran sonrisa, levantando la mirada de la computadora situada en el largo mostrador.

—Hola, Jenny —contestó él.

Ella era muy guapa y muy joven, y Theo estaba enamorado. Se habría casado con ella allí mismo si hubiera podido, pero sus trece años y el marido de ella complicaban las cosas.

Además estaba embarazada, y eso incomodaba a Theo que, por otra parte, no se lo había mencionado a nadie.

—Son de parte de mi madre —le dijo, entregándole los papeles.

Jenny los cogió y los examinó.

—Vaya por Dios, más divorcios.

Theo se limitó a contemplarla.

Selló los documentos y les dio entrada administrativa en el registro.

—¿Vas a asistir al juicio mañana? —preguntó al fin.

—Puede que vaya, si es que puedo escaparme. ¿Y tú?

—Sí. Estoy impaciente.

—Será interesante, ¿verdad?

Theo se acercó un poco más.

—¿Crees que es culpable? —preguntó.

Jenny se inclinó hacia él y miró en derredor, como si sus secretos fueran importantes.

—Desde luego que sí. ¿Y tú?

—Bueno, se supone que es inocente hasta que no se demuestre lo contrario.

—Pasas demasiado tiempo en el bufete, Theo. Te he preguntado lo que opinas en plan confidencial.

—Creo que es culpable.

—Bueno, ya lo veremos, ¿no? —Le lanzó una rápida sonrisa y se dio la vuelta para acabar su trabajo.

—Dime, Jenny… El juicio de esta mañana, el de los Finnemore, supongo que ya se ha acabado, ¿verdad?

Ella lo miró con aire suspicaz, como si no estuviera bien que hablaran de un caso que se estaba tramitando.

—Cuando dieron las cuatro de la tarde, el juez Sandford aplazó la vista hasta mañana por la mañana.

—¿Estabas en la sala?

—No. ¿Por qué lo preguntas, Theo?

—Voy al colegio con April Finnemore, y sus padres se están divorciando. Sólo tenía curiosidad.

—Te entiendo —dijo ella con mirada triste.

Theo se limitó a contemplarla.

—Hasta luego, Theo.

Al final del pasillo la sala del tribunal estaba cerrada. Junto a la puerta principal había un alguacil sin pistola y vestido con un uniforme gastado y demasiado estrecho. Theo conocía a todos los alguaciles y aquél, el señor Gossett, era uno de los más cascarrabias. Su padre le había explicado que, normalmente, los alguaciles eran policías que se habían hecho viejos y lentos o que estaban acercándose a su edad de jubilación. Solían darles un nuevo cargo —el de alguacil— y los destinaban a los tribunales, donde las cosas eran más aburridas y menos peligrosas que en las calles.

—Hola, Theo —lo saludó el señor Gossett, sin una sonrisa.

—¿Qué tal, señor Gossett?

—¿Qué te trae por aquí?

—Sólo he venido a registrar unos documentos de mis padres.

—¿Nada más?

—No, señor.

—¿Seguro que no has venido a husmear a ver si la sala está lista para el gran juicio de mañana?

—Bueno, eso también.

—Ya me lo figuraba. Hoy hemos tenido bastante gente. Se acaba de marchar un equipo de televisión. Será interesante.

—¿Mañana trabajará usted?

—Claro que trabajaré mañana —dijo el señor Gossett, sacando pecho, como si el juicio no pudiera celebrarse sin él—. Las medidas de seguridad serán estrictas.

—¿Por qué? —preguntó Theo, que sabía el motivo.

El señor Gossett creía saber mucho de derecho, como si hubiera adquirido grandes conocimientos por el mero hecho de haber presenciado muchas vistas (a menudo medio dormido), y al igual que mucha gente que no sabe tanto como cree saber, siempre estaba dispuesto a compartir sus deducciones con los menos informados.

Echó un vistazo a su reloj, como si estuviera muy ocupado.

—Es un juicio por asesinato, uno de los grandes —dijo, dándose importancia. «No me digas», pensó Theo—. Y lo cierto es que los juicios por asesinato atraen a tipos que pueden ser un riesgo para la seguridad.

—¿Como quién?

—A ver cómo te lo explico… En todos los asesinatos hay una víctima, y la víctima tiene familiares y parientes que, como es normal, no están nada contentos con que su víctima haya sido asesinada. ¿Me entiendes?

—Claro.

—Y tienes un acusado, en este caso es el señor Duffy, que asegura que no es culpable. Si eso es cierto, el verdadero asesino sigue suelto por ahí y puede que sienta cierta curiosidad por el juicio. —El señor Gossett miró a su alrededor con aire suspicaz, como si el asesino estuviera cerca de ahí y pudiera ofenderse.

Theo sintió ganas de preguntar: «¿Por qué sería un riesgo para la seguridad que el verdadero asesino se presentara a ver el juicio? ¿Qué iba a hacer? ¿Matar a otra persona ante el tribunal, a la vista de docenas de testigos?».

—Ya entiendo —repuso—. Será mejor que tengan ustedes cuidado.

—Lo tendremos todo controlado.

—Lo veré por la mañana.

—¿Vendrás?

—Claro.

El señor Gossett meneó la cabeza.

—Pues no sé, Theo. Mañana esto estará a reventar. No creo que queden asientos libres.

—No se preocupe. Esta mañana he hablado con el juez Gantry, y me ha prometido reservar unos sitios estupendos —dijo Theo, dando media vuelta y alejándose.

El señor Gossett no supo qué contestar.

Ike era el tío de Theo, el hermano mayor de Woods Boone. Antes de que Theo naciera, Ike había fundado el bufete de Boone & Boone con su hermano y su cuñada. Era uno de los pocos especialistas de la ciudad en derecho tributario. Según la escasa información que Theo había podido reunir sobre el asunto, los tres habían disfrutado de una relación agradable y productiva hasta que Ike hizo algo que estuvo mal. Tan mal que le retiraron la licencia para ejercer. Theo había preguntado varias veces a sus padres qué había sido exactamente eso tan malo que había hecho Ike, pero ninguno de los dos había querido darle detalles. Decían que no deseaban hablar del asunto y que ya le explicarían las cosas cuando tuviera edad de comprenderlas.

Ike seguía trabajando como fiscalista, pero de rango menor. No era abogado ni tampoco contable; pero, puesto que debía ganarse la vida de algún modo, preparaba las declaraciones de renta de particulares y empresas pequeñas. Su despacho se hallaba en el primer piso de un edificio del centro. Una pareja griega tenía un restaurante justo debajo. Ike les hacía la declaración de renta y recibía, como parte del pago, una comida gratis cinco días a la semana.

Su mujer se había divorciado de él poco después de que lo expulsaran del Colegio de Abogados. Era un hombre solitario y normalmente poco agradable, de modo que Theo no siempre disfrutaba cuando iba a visitarlo todos los lunes por la tarde. No obstante, Ike era de la familia, y a decir de los padres de Theo, que apenas lo veían, eso contaba.

—Hola, Theo —lo saludó Ike cuando Theo abrió la puerta, que daba a un cuarto largo y abarrotado, y entró.

—Hola, Ike.

A pesar de que era mayor que el padre de Theo, insistía en que lo llamaran Ike. Al igual que Elsa, formaba parte de su esfuerzo por mantenerse joven. Iba vestido con jeans, sandalias y una camiseta de una marca de cerveza. También lucía varias pulseras en su muñeca izquierda. Su cabello era largo, encrespado y blanco, y lo llevaba recogido en una cola de caballo.

En esos momentos se encontraba sentado frente a su escritorio, una gran mesa llena de papeles. Grateful Dead sonaba bajito en un equipo de música, y las paredes estaban llenas de obras de arte funk barato.

Según la señora Boone, Ike había sido el clásico abogado engreído hasta que abandonó el camino recto. En esos momentos se las daba de hippie anticualquier cosa. Un auténtico rebelde.

—¿Cómo está mi sobrino favorito? —preguntó mientras Theo se acomodaba en la silla de enfrente de la mesa.

—Bien. —Theo era su único sobrino—. ¿Qué tal tu día?

Ike hizo un gesto con la mano, abarcando el desorden de papeles de su mesa.

—Normal. Solucionando los problemas de dinero de la gente que no tiene dinero. ¿Cómo va todo en Boone & Boone?

—Como siempre.

A pesar de que sólo vivía a cuatro manzanas de distancia, Ike rara vez veía a los padres de Theo. Mantenían una relación más o menos amistosa, pero el pasado era complicado.

—¿Y el colegio?

—Bien.

—¿Todo excelente?

—Sí. Bueno, más o menos. Saqué un Excelente bajo en química.

—Yo espero sólo de Excelente para arriba.

«Tú y todos», pensó Theo. No sabía por qué Ike se arrogaba el derecho a opinar sobre sus notas, pero daba por hecho que eso era lo que hacían los parientes. Según sus padres, Ike era brillante y había terminado la universidad en sólo tres años.

—¿Tu madre está bien?

—Estupendamente, y no para de trabajar. —Ike nunca preguntaba por el señor Boone.

—Supongo que estarás nervioso con el juicio de mañana, ¿no?

—Sí. El profesor de gobierno nos llevará al tribunal, pasaremos allí todo el día. ¿Irás tú? —preguntó, a pesar de saber la respuesta.

Ike soltó un bufido de disgusto.

—Desde luego que no. No entro en ninguna sala de tribunal por propia voluntad. Además, tengo demasiado trabajo. —Un comentario típico de un Boone.

—Pues yo estoy impaciente.

—O sea, que todavía quieres ser abogado, uno de esos abogados que se hacen famosos en los juicios.

—¿Qué tiene de malo?

—Nada, supongo. —Tenían la misma conversación todas las semanas. Ike quería que Theo fuera arquitecto o artista, algo creativo—. La mayoría de los muchachos sueñan con ser policías, bomberos, actores o deportistas famosos. No he conocido a nadie tan obsesionado como tú con la idea de llegar a ser abogado.

—Todo el mundo tiene que ser algo en la vida.

—Supongo que sí. Ese abogado defensor, Clifford Nance, es muy bueno. ¿Lo has visto alguna vez en acción?

—No en un juicio importante. Lo he visto argumentando mociones ante el juez y esas cosas, pero no en un juicio de verdad.

—En su día conocí bien a Clifford. Fue hace muchos años. Apuesto a que ganará.

—¿De verdad lo crees?

—Seguro. Por lo que he oído, la acusación tiene un caso muy pobre.

A pesar de lo reservado que era, Ike tenía un don para enterarse de los rumores de los tribunales. El padre de Theo sospechaba que Ike conseguía su información en la partida de póker que jugaba todas las semanas con un grupo de abogados jubilados.

—En realidad no hay ninguna prueba de que el señor Duffy asesinara a su esposa —dijo Ike—. Es posible que el fiscal pueda determinar un móvil claro y levantar todo tipo de sospechas, pero nada más.

—¿Cuál puede ser ese móvil? —preguntó Theo, a pesar de que conocía la respuesta. Quería saber cuánto sabía Ike o hasta dónde estaba dispuesto a contar.

—El dinero. Un millón de dólares, concretamente. Hace dos años, el señor Duffy contrató un seguro de vida para su esposa. Si ella moría, él se llevaba un millón de dólares. Sus negocios no estaban marchando bien y necesitaba dinero. Así pues, la teoría dice que él mismo se encargó del asunto.

—¿La estranguló? —Theo había leído todo lo que los diarios habían publicado acerca del caso y conocía la causa de la muerte.

—Ésa es la teoría. La señora Duffy murió estrangulada. El fiscal asegurará que su marido la estranguló y después puso la casa patas arriba e hizo desaparecer las joyas, todo para que pareciera que ella se había tropezado con el ladrón.

—Y el señor Nance ¿qué intentará demostrar?

—En realidad no tiene que demostrar nada. De todas maneras, argumentará que no hay pruebas ni evidencias de que el señor Duffy estuviera en la escena del crimen en el momento de producirse. Por lo que sé, no hay testigos que puedan situarlo allí. Se trata de un caso muy difícil para el fiscal.

—¿Crees que es culpable?

Ike hizo crujir al menos ocho nudillos y entrelazó las manos en la nuca.

—Seguramente. Apuesto algo a que Duffy lo planeó todo cuidadosamente y que las cosas le salieron como las había previsto. Esa gente hace cosas de lo más raro.

«Esa gente» eran los residentes de Waverly Creek,[1] una urbanización construida alrededor de veintisiete hoyos de golf y protegida por una verja. Eran los recién llegados, al contrario de los que vivían en el centro de la ciudad y se consideraban los verdaderos ciudadanos de Strattenburg. La frase «viven en ese arroyo» se oía a menudo y con frecuencia se refería a gente que aportaba muy poco a la vida de la comunidad y mostraba una excesiva preocupación por el dinero. Esa divisoria tenía escaso sentido para Theo, que contaba con amigos allí. Es más, sus padres también tenían clientes de Waverly Creek. La urbanización se hallaba a sólo tres

1. «Creek» en inglés significa riachuelo o arroyo. (N. del T.)

kilómetros al este de la ciudad, pero a menudo la trataban como si fuera de otro planeta.

La madre de Theo solía decir que en las ciudades pequeñas la gente dedicaba demasiado tiempo a ocuparse de lo que hacían o dejaban de hacer sus vecinos. Desde que Theo era pequeño le había sermoneado en contra de la mala costumbre de juzgar al prójimo.

La conversación derivó al beisbol y, naturalmente, a los Yankees. Ike era un acérrimo seguidor de los Yankees y le encantaba divulgar estadísticas de sus jugadores favoritos. A pesar de que era el mes de abril, ya estaba pronosticando otra victoria en la Serie Mundial. Theo le replicó como pudo, pero como seguidor de los Mellizos, tenía muy poca munición.

Se marchó al cabo de treinta minutos con la promesa de volver la semana siguiente.

—Y a ver si mejoramos esas notas de química —lo despidió Ike en tono severo.

5

El juez Henry Gantry tiró de la manga de su negra toga para ajustársela correctamente y cruzó la maciza puerta de roble que daba al estrado. El alguacil gritó en el acto:

—¡En pie ante el tribunal!

Todos, espectadores, jurados, letrados, auxiliares y demás participantes en el juicio se levantaron a toda prisa. Mientras el juez Gantry ocupaba su asiento, semejante a un trono, el alguacil llamó al orden a los presentes.

—¡Atención, el tribunal penal del distrito Diez ha abierto su sesión! ¡Preside el honorable Henry Gantry! Que los que tengan algo que decir se adelanten, ¡Dios bendiga este tribunal!

—Por favor, siéntense —dijo el juez Gantry a través del micrófono, y la multitud que se había puesto en pie se sentó como un solo hombre. Las sillas rechinaron, las mesas crujieron, se abrieron bolsos y carteras y pareció que las casi doscientas personas que había en la sala dejaban escapar el aliento a la vez. Luego, todo quedó en silencio.

El juez Gantry contempló la sala del tribunal. Tal como esperaba, la vio llena hasta los topes.

—Bien, está claro que hoy despertamos gran interés —comentó—. Gracias por su presencia, damas y caballeros. —Alzó la vista hacia la galería, cruzó una mirada con Theo Boone y sonrió al verlo sentado, hombro con hombro, con sus compañeros de clase, todos inmóviles.

—El asunto que nos ocupa hoy —prosiguió— es el caso del Estado contra el señor Pete Duffy. ¿Se encuentra el Estado listo para proceder?

Jack Hogan, el fiscal, se levantó.

—Sí, señoría —declaró—, el Estado está listo.

—¿Y está lista la defensa?

Clifford Nance se puso de pie con aire solemne.

—Estamos listos, señoría.

El juez Gantry se volvió a su derecha y miró al jurado.

—Bien, señoras y señores del jurado, ustedes fueron seleccionados la semana pasada. Antes de que se marcharan, les di instrucciones concretas de que no hablaran de este caso con nadie. Les advertí expresamente que me lo notificaran si alguien se les acercaba con intención de comentarles el caso. Ahora les pregunto si ha sido así. ¿Alguien se ha puesto en contacto con ustedes por el caso que nos ocupa?

Los doce miembros del jurado negaron con la cabeza.

—Bien, hemos concluido los preliminares y estamos listos para empezar. En este momento del juicio, ambas partes tendrán la oportunidad de dirigirse a ustedes y hacer lo que se llama la «exposición inicial». Una exposición inicial no presenta testimonios ni pruebas, sólo resume el punto de vista de cada una de las partes acerca de lo ocurrido. Puesto que la carga de la prueba recae en el Estado, el fiscal será el primero en intervenir. ¿Está usted listo, señor Hogan?

—Sí, señoría.

—Proceda, pues.

Esa mañana, Theo no había podido probar bocado de su desayuno. Tampoco había logrado conciliar el sueño. Había leído muchas historias de deportistas que, antes de un partido importante, estaban tan nerviosos que no podían comer ni dormir. Sentían cosquilleos en el estómago y náuseas por culpa del miedo y la presión. En esos momentos, comprendía perfectamente el significado de esas palabras. El ambiente en la sala era tenso y expectante. A pesar de que no era más que un simple espectador, tenía el corazón en un puño. Aquello era el gran juego.

El señor Hogan era fiscal de carrera y por sus manos habían pasado los casos más importantes de Strattenburg. Era alto, enjuto, calvo e iba siempre vestido con un traje negro. La gente se reía a sus espaldas de ese traje. Nadie sabía si tenía sólo uno o una docena. A pesar de que no sonreía a menudo, empezó su exposición con un amistoso «Buenos días», tras el cual se presentó a sí mismo y a los dos jóvenes fiscales que lo acompañaban. Hizo un buen trabajo rompiendo el hielo.

Y acto seguido entró en materia. Presentó a la víctima, Myra Duffy, mostrando al jurado un gran retrato en color de ella.

—Sólo tenía cuarenta y seis años cuando fue asesinada —dijo en tono grave—. Era madre de dos hijos, Will y Clark, ambos estudiantes universitarios. Querría pedirles que fueran tan amables de levantarse. —Se dio la vuelta y señaló la primera fila de asientos, justo detrás de su mesa. Los dos jóvenes se levantaron, visiblemente azorados, y miraron al jurado.

Theo sabía por los periódicos que el padre de aquellos muchachos se había matado en un accidente de avión cuando eran pequeños. El señor Duffy era el segundo esposo de su madre; y ella, su segunda mujer.

A la gente le gustaba decir que «los del arroyo» se casaban mucho.

El señor Hogan empezó a describir el crimen. La señora

Duffy había sido encontrada en la sala de estar de la mansión que compartía con el señor Duffy. Era una casa muy nueva, con menos de tres años, metida en una arbolada parcela que daba al campo de golf. A causa de los árboles, la casa apenas resultaba visible desde la calle, pero lo mismo podía decirse de la mayoría de los hogares de Waverly Creek. Allí, la intimidad era importante.

Cuando hallaron su cuerpo, la puerta principal de la casa estaba entreabierta; y el sistema de alarma, desconectado. Alguien se había llevado sus joyas del tocador, un juego de relojes antiguos, propiedad del señor Duffy, y tres pistolas de un cajón, junto al televisor del estudio. El valor aproximado de lo sustraído era de unos treinta mil dólares.

La muerte había sido por estrangulamiento. Con permiso del juez Gantry, el señor Hogan fue hasta un proyector, apretó un botón, y una gran foto en color apareció en una pantalla situada frente al jurado. La imagen mostraba a la señora Duffy tendida en la alfombra, bien vestida, como si nadie la hubiera tocado, con los zapatos de tacón puestos aún. El señor Hogan explicó que el día en que fue asesinada, un jueves, la señora Duffy tenía una cita para comer con su hermana a las doce. Aparentemente, se disponía a salir de casa cuando fue agredida y asesinada. El asesino registró la casa, cogió los objetos que faltaban y se marchó. La hermana de la señora Duffy la llamó varias veces al celular —diez llamadas en las dos horas siguientes— y acabó preocupándose tanto que fue a Waverly Creek, a casa de los Duffy, donde encontró a su hermana. En lo que a la escena del crimen se refería, aquélla era bastante tranquila. La víctima simplemente parecía haberse desmayado. Al principio, tanto la hermana como la policía creyeron que había fallecido de un ataque al corazón. Sin embargo, dada su edad y su historial de buena forma física y de ausencia de consumo de drogas, enseguida empezaron a sospechar.

La autopsia reveló la verdadera causa de la muerte. La persona que había matado a la señora Duffy la había agarrado por detrás y apretado con fuerza su arteria carótida. El señor Hogan colocó los dedos sobre su propia carótida, en el lado derecho de su cuello.

—Basta con ejercer una fuerte presión en el lugar adecuado y la víctima queda sin sentido —dijo, y aguardó un momento mientras los demás esperaban a ver si acababa desmayándose en medio del tribunal. Sin embargo, no se desmayó, sino que prosiguió:

—Cuando la señora Duffy se desmayó, el asesino siguió apretando, cada vez más fuerte, y sesenta segundos después había muerto. No hay señales de lucha, no hay uñas rotas ni arañazos. ¿Por qué? Pues porque la señora Duffy conocía al hombre que la asesinó.

El señor Hogan se volvió dramáticamente hacia el señor Duffy, que se hallaba sentado entre Clifford Nance y otro abogado, y lo fulminó con la mirada.

—Lo conocía porque estaba casada con él.

Se produjo un largo y tenso silencio mientras todos los presentes se volvían para mirar al señor Duffy. Theo sólo alcanzaba a verle el cogote y deseaba desesperadamente poder contemplar su expresión.

El señor Hogan continuó:

—Pudo acercarse tanto porque ella confiaba en él.

Sin moverse del proyector, el señor Hogan siguió mostrando imágenes y con ellas presentó la escena completa del crimen: el interior de la casa, la puerta principal, la de atrás, la cercanía al campo de golf… Utilizó una foto de la entrada principal de la urbanización de Waverly Creek, con su pesada verja, su garita de seguridad y sus cámaras de vigilancia. Explicó que resultaba francamente difícil que un intruso, por muy astuto que fuera, pudiera violar todas aquellas medidas de seguridad. A menos, naturalmente, que el intruso no lo fuera porque en realidad vivía allí.

Ningún vecino vio un vehículo sospechoso alejándose del hogar de los Duffy. Nadie vio a un desconocido caminando por las calles. No hubo informes de nada fuera de lo normal. En los últimos seis años sólo se habían producido tres robos con violencia en la urbanización. El crimen era un fenómeno prácticamente desconocido en aquella pacífica comunidad.

El día del asesinato, el señor Duffy había jugado golf, algo que hacía casi todos los jueves. Según la computadora de la casa-club, salió al campo a las once y diez y jugó solo, cosa que no era infrecuente en él; también, como de costumbre, utilizó su coche eléctrico. Le dijo al *starter* que pensaba jugar dieciocho hoyos, los Nueve Norte y los Nueve Sur, que eran los dos recorridos más populares. El hogar de los Duffy bordeaba la calle del hoyo seis del Creek Course, otro recorrido más corto, preferido por las señoras.

El señor Duffy era un golfista serio que siempre llevaba la cuenta de sus golpes y no hacía trampas. Jugar dieciocho hoyos sólo llevaba unas tres horas. El día era nublado, frío y ventoso; la clase de día que haría desistir a muchos de salir al campo. Aparte de un Foursome que había salido a las diez y veinte, no había nadie más en los recorridos a las once y diez. Otro Foursome salió a jugar a las dos menos veinte.

La señora Duffy encontró a su hermana y llamó inmediatamente a la policía. La llamada quedó registrada a las dos y catorce de la tarde. La autopsia situó la hora de la muerte alrededor de las doce menos cuarto.

Con ayuda de un auxiliar, el señor Hogan montó un gran diagrama de Waverly Creek. En él situó los tres recorridos, la casa-club, el campo de prácticas, las pistas de tenis y otros lugares de interés. A continuación mostró al jurado la ubicación del hogar de los Duffy en el Creek Course. Según las pruebas efectuadas por la fiscalía, el señor Duffy se hallaba en el cuarto o quinto hoyo de los Nueve Norte en el momento en que fue asesinada su mujer. Una persona que condujera un coche eléctrico idéntico al suyo podía trasladarse desde esa parte del campo hasta la casa de los Duffy, en la calle del hoyo seis, en unos ocho minutos.

Pete Duffy contempló el diagrama y meneó lentamente la cabeza, como si el señor Hogan estuviera diciendo tonterías. Tenía cuarenta y nueve años y un rostro largo y ceñudo coronado por abundante cabello gris. Utilizaba gafas de concha, vestía un traje de color marrón y lo habrían podido confundir fácilmente con cualquiera de los abogados presentes.

Jack Hogan subrayó el hecho de que el señor Duffy sabía que su esposa se encontraba en casa, que obviamente tenía acceso a ella, que se hallaba en un coche de golf a sólo unos minutos de distancia y que estaba jugando en un campo que se encontraba prácticamente desierto. Las posibilidades de que lo hubieran visto eran escasas.

—Lo planeó muy bien —repitió una y otra vez el señor Hogan.

El solo hecho de que un buen abogado insistiera en decir que el señor Duffy había asesinado a su esposa bastaba para que esa teoría sonara creíble. Si algo se repite lo suficiente, la gente se lo acaba creyendo. El señor Mount siempre opinaba que, en la actualidad, la presunción de inocencia era cosa de risa. La presunción era de culpabilidad y Theo no tenía más remedio que reconocer que le costaba pensar en el señor Duffy en términos de inocencia, al menos en los minutos iniciales del juicio.

—Pero ¿por qué iba el señor Duffy a asesinar a su mujer? —El señor Hogan planteó la pregunta al jurado de un modo que daba a entender que conocía la respuesta—. Por dinero, señoras y señores. —Cogió un documento de su mesa con gesto grandilocuente y lo blandió en alto—. Esto es un seguro de vida por valor de un millón de dólares contratado hace dos años por el señor Duffy para asegurar la vida de su esposa, Myra Duffy.

Silencio mortal. La culpabilidad parecía aumentar por momentos.

El señor Hogan pasó las hojas del documento mientras detallaba su contenido. Dio la impresión de perder un poco de fuelle. Cuando acabó, lo dejó con gesto displicente en la mesa y se lanzó a una disertación sobre la marcha de los negocios del señor Duffy. Era un promotor inmobiliario que había ganado mucho dinero, perdido también mucho y que, en esos momentos, se encontraba presionado por los bancos. El señor Hogan aseguró que el Estado demostraría que el acusado, Pete Duffy, estaba al borde de la ruina.

Y por lo tanto, necesitaba dinero. El dinero de la póliza de un seguro de vida.

La exposición de los móviles no acabó ahí. El señor Hogan dijo que el jurado se enteraría de que el matrimonio Duffy no era una unión feliz. Habían tenido problemas, muchos problemas. Se habían separado como mínimo en dos ocasiones. Tanto él como ella habían recurrido a abogados divorcistas, aunque no habían llegado a formalizarlo.

Para resumir, el señor Hogan se situó lo más cerca que pudo del jurado y los miró con aire grave.

—Fue un asesinato a sangre fría, señoras y caballeros. Un

asesinato perfectamente planeado y ejecutado. Sin fallos, sin testigos, sin rastros. Sólo una joven y bella mujer estrangulada hasta matarla. —De repente, el señor Hogan cerró los ojos y se dio una palmada en la frente—. ¡Ah, me olvidaba de algo! Me olvidaba decirles que, hace dos años, cuando el señor Duffy contrató el seguro de vida de su mujer, también empezó a jugar golf solo. Antes nunca lo hacía, y para demostrarlo, haremos comparecer a algunos de sus antiguos compañeros. ¿No les parece una curiosa coincidencia? Planeó durante dos años el asesinato de su mujer, programando su juego de golf de acuerdo con los compromisos de ella, esperando el momento, esperando el día nublado y ventoso en el que el campo estuviera desierto, esperando el momento perfecto para correr a casa, estacionar el coche eléctrico junto a la piscina, entrar por la puerta de atrás diciendo «¡Hola, cariño, estoy en casa!» y agarrarla por el cuello cuando ella no mirara. Un minuto después, estaba muerta. El señor Duffy llevaba tanto tiempo planeándolo que sabía perfectamente lo que debía hacer. Cogió las joyas, cogió su colección de relojes y cogió las pistolas para que la policía creyera que era el trabajo de un ladrón. Segundos después salía por la puerta y volvía a correr por el campo de golf al volante de su coche eléctrico, hasta el hoyo cinco de Nueve Norte, donde cogió un hierro cuatro, dio un buen golpe por casualidad y acabó otro agradable día de golf.

El señor Hogan hizo una pausa. En la sala reinaba un silencio total. Cogió su libreta y regresó a su asiento. Habían transcurrido noventa minutos. El juez Gantry dio un golpe con su mazo.

—Declaro un receso de diez minutos.

El señor Mount reunió a sus alumnos al final del estrecho pasillo del primer piso. Los muchachos charlaban animadamente sobre el drama que acababan de presenciar.

—Esto es mucho mejor que la tele —comentó uno de ellos.

—Muy bien —dijo el señor Mount—. Ya han escuchado una parte del caso. Ahora, y sólo para divertirnos, ¿cuántos de ustedes creen que es culpable?

Se alzó al menos una docena de manos. Theo votó a favor de la culpabilidad, pero sabía que era prematuro.

—¿Y qué hay de la presunción de inocencia? —preguntó el señor Mount.

—Lo hizo —declaró Darren, el baterista, y varias voces más manifestaron su conformidad.

—Es culpable —afirmó Brian, el nadador.

—No se va a librar.

—Lo planeó todo perfectamente.

—Lo hizo.

—De acuerdo, de acuerdo —intervino el señor Mount—. Vamos a volver a tener esta misma conversación durante la hora del almuerzo, después de que hayan escuchado a la otra parte.

La otra parte empezó a lo grande. Clifford Nance esperó a que se hiciera el silencio en la sala antes de levantarse y acercarse al recinto del jurado. Aparentaba unos sesenta años, llevaba el abundante cabello gris por encima de las orejas, era de brazos fuertes y ancho tórax y caminaba con el aire de quien no ha perdido una pelea en los tribunales o fuera de ellos.

—¡Ni asomo de la menor violencia! —tronó en una voz ronca que resonó por toda la sala.

Theo no pudo evitar dar un respingo.

—¡Nada! Ni testigos, ni rastros incriminatorios en la escena del crimen. Nada salvo esa historia sujeta con alfileres que el señor Hogan ha tenido el placer de compartir con ustedes y para cuyas teorías no tiene la menor prueba. Lo único que nuestro fiscal tiene es una larga colección de «quizá». Quizá Pete Duffy quiso matar a su mujer. Quizá lo planeó todo. Quizá corrió por el desierto campo de golf al volante de su coche eléctrico. Quizá llegó a casa a tiempo de ejecutar uno de los asesinatos más limpios de la historia. Luego, quizá robó unas cuantas cosas, dejó abierta la puerta principal, regresó a toda velocidad al *tee* del cinco y siguió jugando. Sí, quizá fue eso lo que pasó.

El señor Nance caminaba lentamente ante el jurado, acompasando sus pasos al ritmo de sus palabras.

—Señoras y señores, el señor Hogan les está pidiendo que jueguen ustedes el juego del Quizá. Quizás ocurrió esto, quizás ocurrió lo otro. Y quiere que ustedes también jueguen porque no tiene ninguna prueba. No tiene nada. Nada salvo a un hombre que juega golf, solo, ocupándose de sus asuntos, mientras su encantadora mujer es asesinada en su propia casa, a diez minutos de distancia.

Dejó de caminar arriba y abajo y se acercó al jurado. Escogió a un hombre de la primera fila y pareció dispuesto a darle una palmada en la pierna. Bajó la voz y dijo:

—No culpo al señor Hogan por querer jugar al Quizás. En realidad no tiene otra elección, y es así porque no tiene pruebas. No tiene nada salvo una imaginación desbordante.

El señor Nance se desplazó ligeramente a la derecha y miró a los ojos de una mujer de mediana edad.

—Nuestra Constitución, nuestras leyes, nuestras normas de procedimiento, todo gira en torno a la noción de justicia. ¿Y sabe qué? En ellas no hay sitio para un puñado de quizá. Nuestras leyes son claras. El juez Gantry se las explicará más adelante, y cuando lo haga, les ruego que lo escuchen atentamente. No lo oirán pronunciar la palabra quizá ni una sola vez. Lo que sí oirán es el conocido y venerado principio norteamericano que dice que, cuando el Estado acusa a alguien de un delito, le corresponde a él presentarse aquí con todos los recursos de los que dispone, investigadores, policía, fiscales y forenses, para demostrar más allá de cualquier duda razonable que, en efecto, dicha persona ha cometido ese delito.

El señor Nance giró hacia la izquierda y miró con convincente sinceridad a los seis miembros del jurado de la segunda fila. Hablaba sin notas y las palabras le brotaban con total fluidez, sin esfuerzo aparente, como si hubiera hecho aquello cientos de veces y, aun así, no hubiera perdido el entusiasmo.

—Más allá de cualquier duda razonable. Realmente, el Estado tiene por delante una tarea que no puede cumplir.

Hizo una pausa mientras todos contenían el aliento. Se acercó a la mesa de la defensa, cogió una libreta, pero no la miró. Era un actor dominando el escenario y sabía sus diálogos de memoria. Se aclaró la voz y prosiguió a todo volumen.

—Bien, la ley dice que Pete Duffy no tiene que testificar, que no tiene que llamar a testigos en su defensa, que no tiene que demostrar nada. ¿Y por qué? Es muy sencillo. Porque está protegido por uno de nuestros más preciados baluartes: la presunción de inocencia. —El señor Nance se volvió y señaló a su cliente—. Pete Duffy se sienta ahí como un hombre inocente, lo mismo que ustedes, lo mismo que yo.

Empezó a caminar de nuevo, lentamente, sin dejar de mirar a los ojos a los miembros del jurado.

—Sin embargo, Pete Duffy prestará declaración. Quiere prestar declaración. Está impaciente por hacerlo. Y cuando ocupe ese asiento de allí, en el estrado de los testigos, declarará bajo juramento y les dirá la verdad. Y la verdad, señoras y señores, es un tanto distinta de la historia que el señor Hogan se ha inventado. La verdad, señoras y señores del jurado, es que Pete Duffy estaba realmente jugando golf ese fatídico día y estaba jugando solo, que es como más le gusta jugar. Los archivos demostrarán que salió al campo a las once y diez, conduciendo su propio coche eléctrico, el que guarda en su garaje, como hacen la mayoría de sus vecinos. Estaba en el campo, solo, mientras su mujer se encontraba en casa, preparándose para ir a almorzar al centro. Un ladrón, un asesino desconocido que sigue suelto por ahí y, al ritmo que vamos lo seguirá estando durante mucho tiempo, entró en la casa sigilosamente, y equivocadamente, creyendo que no había nadie. La alarma estaba desconectada, y la puerta principal, lo mismo que la de atrás, no estaba cerrada con llave; cosas ambas que no son nada raro en esa comunidad. Inesperadamente, el ladrón se tropezó con la señora Duffy y la atacó con las manos porque no llevaba encima otras armas. Instantes después, dejó de ser un ladrón y se convirtió en otra cosa: en un asesino.

El señor Nance hizo una pausa, se acercó a la mesa de la defensa, cogió un vaso de agua y tomó un largo trago. Todo el mundo lo observaba. No había nada más que ver.

—¡Y sigue ahí fuera! —exclamó de repente, casi gritando—. O podría estar aquí mismo —añadió, abarcando con sus brazos a todos los presentes—. Ya que estamos jugando al juego del Quizá, quizá podría estar entre nosotros, presenciando este juicio. ¿Por qué no? Desde luego no tendría nada que temer del señor Hogan y los suyos.

Theo se fijó en que varios miembros del jurado miraban a los espectadores.

El señor Nance cambió de asunto y empezó a hablar de seguros de vida, y concretamente del hecho de que el contratado por el señor Duffy lo convertía efectivamente en el beneficiario de un millón de dólares en caso de que su mujer falleciera. Sin embargo, la póliza contenía una cláusula equivalente a favor de la señora Duffy en caso de que el fallecido fuera su marido. Sencillamente, el matrimonio había hecho lo que solían hacer todos: contratar una póliza doble. A continuación, prometió demostrar al jurado que los negocios de su cliente no atravesaban tan mal momento como pretendía el señor Hogan; reconoció que los Duffy habían tenido dificultades en su matrimonio y que se habían separado más de una vez, pero insistió en que no habían llegado a divorciarse y en que, de hecho, estaban decididos a superar sus diferencias.

El señor Mount permaneció sentado en la segunda fila de la galería, tras sus alumnos. Había escogido aquel sitio deliberadamente, para poder verlos a todos, a los dieciséis, si era necesario. Hasta ese momento habían seguido atentamente las exposiciones iniciales. Como era de esperar, Theo parecía más interesado que los demás. Estaba exactamente donde quería estar.

Cuando el señor Nance acabó, el juez Gantry anunció un receso para almorzar.

6

Los alumnos de la asignatura de gobierno cruzaron Main Street, en dirección al río. El señor Mount los siguió uno o dos pasos por detrás, mientras escuchaba con gusto cómo los chicos argumentaban entre ellos, utilizando incluso palabras y frases que acababan de oír en boca de abogados de verdad.

—Por aquí —les indicó.

El grupo giró a la izquierda por una calle estrecha y entró en Pappy's, un bar famoso por sus bocadillos de *pastrami* y sus aros de cebolla fritos. Faltaban diez minutos para las doce, de modo que se habían adelantado a la hora pico. Encargaron la comida rápidamente y se amontonaron en una larga mesa junto a la ventana.

—¿Quién les ha parecido mejor abogado? —preguntó el señor Mount.

Al menos diez de ellos respondieron a la vez, estableciendo un empate entre Jack Hogan y Clifford Nance. Mount los azuzó con preguntas como «¿Cuál de ellos les ha resultado más creíble?», «¿En quién confiarían más?», «¿Cuál de ellos creen que convenció mejor al jurado?».

Llegó la comida y la conversación se acabó de golpe.

—A ver, quiero una votación a mano alzada —dijo el señor Mount—. Nada de medias tintas. Que levanten la mano quienes crean que el señor Duffy es culpable.

Contó diez manos.

—De acuerdo —dijo—. Ahora «no culpable».

Contó cinco manos.

—Theo, he dicho que había que votar.

—Lo siento, pero no puedo votar. Creo que es culpable, pero no veo cómo hará el fiscal para demostrarlo. Lo máximo que puede conseguir es probar que tenía un móvil. Y quizá ni eso.

—Conque jugando al juego del Quizás, ¿eh? —dijo el señor Mount—. Me pareció que resultaba bastante efectivo.

—Yo estoy con Theo —intervino Aaron—. Está claro que parece culpable, pero el fiscal ni siquiera puede situarlo en la escena del crimen. Eso es un problema, ¿no?

—Sí, y uno muy gordo —convino el señor Mount.

—¿Qué hay de las joyas y las pistolas robadas? —preguntó Edwards—. ¿Las encontraron? No se ha mencionado.

—No lo sé, pero la verdad es que las exposiciones iniciales han sido bastante limitadas.

—Pues a mí me han parecido muy largas.

—Lo averiguaremos cuando llamen a los testigos —dijo Theo.

—¿Quién será el primero en subir al estrado? —quiso saber Chase.

—No he visto la lista de los testigos —reconoció el señor Mount—, pero lo normal es que empiecen con los forenses y los técnicos de la escena del crimen. Seguramente será algún detective.

—¡Qué bien!

—¿Hasta qué hora podemos quedarnos, señor Mount?

—Tenemos que estar de vuelta en el colegio a las tres y media.

—¿Hasta qué hora durará el juicio?

—Al juez Gantry le gusta trabajar —aseguró Theo—. Como mínimo hasta las cinco.

—¿Podremos volver mañana, señor Mount?

—Me temo que no. Se trata de una salida de un solo día. Ya saben que tienen otras clases. Ninguna es tan interesante como la mía, pero ésa es sólo mi opinión.

El bar se llenó de repente y se formó una cola en la entrada. El señor Mount pidió a sus alumnos que fueran terminando. Pappy, el propietario, era famoso por regañar a los que se quedaban un rato sentados a la mesa después de haber terminado.

Salieron y caminaron por Main Street, que en esos momentos estaba llena de gente que salía con sus almuerzos. Un grupo de oficinistas comían junto a una fuente y se tostaban al sol. El señor Peacock, el viejo policía de tráfico, dirigía la circulación con su silbato y sus guantes amarillos, y se las arreglaba para evitar accidentes, cosa que no siempre era la norma en él. Más allá, un grupo de hombres con traje oscuro salió de un edificio y se encaminó en la misma dirección que ellos.

—Miren, chicos —les susurró el señor Mount—. Es el señor Duffy y sus abogados.

Los muchachos aminoraron el paso un momento, mientras el grupo de tipos trajeados iba por delante. Pete Duffy, Clifford Nance, los dos solemnes ayudantes y un quinto hombre que Theo no había visto en el tribunal aquella mañana, pero al que él conocía bien. Se llamaba Omar Cheepe, y a pesar de ser conocido en los círculos legales, no era abogado. El señor Cheepe era un antiguo agente federal que en esos momentos tenía su propio despacho. Se especializaba en investigación, vigilancia y otras actividades que los abogados necesitaban de tanto en cuanto. Él y la señora Boone se habían visto implicados en una fea disputa por un caso de divorcio, y Theo había oído a su madre describir a Cheepe como un «matón armado» y «un hombre que disfrutaba infringiendo la ley». Naturalmente, se suponía que Theo no debía oír semejantes cosas, pero la verdad era que se enteraba de muchos asuntos en el bufete. No conocía en persona al señor Cheepe, pero lo había visto en los juzgados. Todo mundo decía que si Omar Cheepe estaba trabajando en el caso, entonces alguien tenía que ser culpable.

Omar miró fijamente a Theo. Era un hombre macizo y corpulento, con una cabeza grande y redonda que mantenía cuidadosamente afeitada. Cultivaba un aspecto amenazador, y lo conseguía plenamente.

Dio media vuelta y corrió en pos de Duffy.

Los chicos siguieron caminando por Main Street, formando un grupo disperso y andando a paso vivo para no distanciarse del acusado y de su equipo. El fortachón de Omar protegía a Duffy por detrás, como si alguien fuera a dispararle por la espalda. Clifford Nance contó algo gracioso, y todos rieron de buena gana.

Pero fue Pete Duffy quien rió más ruidosamente. «Culpable.» Theo aborrecía pensar de ese modo porque aún no había declarado ningún testigo; y además, hacía gala de creer en la presunción de inocencia.

«Culpable», dijo nuevamente Theo para sus adentros. ¿Por qué no podía atenerse a la ley y conceder al señor Duffy el beneficio de la inocencia? ¿Por qué era incapaz de hacer lo que se suponía que debían hacer los buenos abogados? Aquello lo mortificó mientras seguía caminando detrás del señor Duffy y de su equipo de defensores.

Algo faltaba en aquel caso y, basándose en lo que se había dicho hasta el momento en el tribunal, Theo sospechaba que quizás el misterio no llegaría a resolverse nunca.

Ocuparon sus asientos de primera fila a la derecha en la galería. El juez Gantry había ordenado un receso hasta la una, y todavía faltaban unos quince minutos. El señor Gossett, el viejo alguacil, se acercó.

—Theo...

—¿Sí, señor?

—¿Es ésta tu clase?

«Dieciséis chicos, un maestro. ¿Qué otra cosa quiere que sea, señor Gossett?»

—Sí, señor.

—El juez Gantry quiere verte en sus aposentos. Date prisa. Es un hombre muy ocupado.

Theo se señaló con el dedo e intentó decir algo.

—A ti y a toda la clase —le aclaró el señor Gossett—. Muévanse.

Se pusieron todos rápidamente en formación tras el alguacil y bajaron por la escalera a paso ligero.

«En sus aposentos» quería decir que estaba en el despacho que tenía contiguo al tribunal. Éste era diferente del oficial que estaba al final del pasillo. Resultaba confuso, y Theo estaba intentando explicarlo cuando el señor Gossett abrió la puerta que daba a una amplia estancia con paredes de madera decoradas con cuadros de viejos jueces barbados. El juez Gantry, que se había quitado la toga, se levantó de detrás de su mesa y se acercó para dar la bienvenida a los chicos.

—Hola, Theo —dijo, poniéndolo en un ligero aprieto ante sus compañeros, que estaban demasiado impresionados para articular palabra.

»Y usted debe de ser el señor Mount —lo saludó, estrechándole la mano.

—Sí, señoría, y ésta es mi clase de octavo en la asignatura de gobierno.

Dado que no había sitio suficiente para que todos pudieran sentarse, el juez se dirigió a los chicos mientras éstos permanecían de pie.

—Les doy las gracias por venir. Me parece importante que nuestros estudiantes vean cómo funciona el sistema judicial. ¿Qué les ha parecido hasta el momento?

Ninguno de los dieciséis abrió la boca. ¿Qué se suponía que tenían que decir?

El señor Mount acudió presto al rescate.

—Están fascinados con el juicio —explicó—. Durante el almuerzo hemos debatido sobre el caso, puntuado a los letrados y hablado del jurado. Además, hemos tenido nuestra polémica acerca de si es culpable o inocente.

—No quiero saberla. Tenemos un par de abogados bastante buenos, ¿no lo creen, chicos?

Las dieciséis cabezas asintieron a la vez.

—¿Es verdad que Theo Boone proporciona asesoramiento legal?

Se oyeron algunas risas nerviosas. Theo se sentía azorado y orgulloso al mismo tiempo.

—Sí —confesó—, pero no les cobro por mis servicios.
Más risas.

—¿Alguna pregunta acerca del juicio? —inquirió el juez Gantry.

—Sí, señor —dijo Brandon—. En la televisión siempre sale un testigo sorpresa que cambia el rumbo del juicio. ¿Hay alguna posibilidad de que surja alguno en este caso? De no ser así, se diría que el fiscal lo tiene bastante complicado.

—Buena pregunta, hijo. La respuesta es no. Nuestras normas de procedimiento prohíben los testigos sorpresa. La televisión se equivoca por completo. En la vida real, antes de que dé comienzo un juicio, cada parte debe aportar una lista de todos los testigos potenciales.

—¿Quién será el primer testigo? —preguntó Jarvis.

—La hermana de la víctima, la mujer que encontró el cadáver. Después comparecerán los detectives de Homicidios. ¿Hasta qué hora van a poder quedarse hoy?

—Tenemos que estar de vuelta en el colegio a las tres y media —explicó el señor Mount.

—Muy bien. Abriré un receso a las tres. Así podrán salir tranquilamente. ¿Qué tal son los asientos de allí arriba?

—Están bien. Muchas gracias.

—Les he buscado sitio abajo. La sala se ha vaciado un poco. Quiero darles nuevamente las gracias por su interés en nuestro sistema judicial. Es muy importante para un gobierno eficaz.

El juez Gantry concluyó con aquellas palabras. Los estudiantes le dieron las gracias, y el señor Mount le estrechó nuevamente la mano.

El señor Gossett los acompañó fuera del despacho y los llevó por entre los asientos de los espectadores hasta la segunda fila, justo detrás de la mesa del fiscal. Delante de ellos tenían a los dos jóvenes que habían sido presentados como hijos de la víctima. Los abogados estaban a un par de metros de distancia. Al otro lado del pasillo, Omar se había sentado junto a Pete Duffy, y sus negros ojos escrutaban la sala como si necesitara dispararle a alguien. Una vez más, miró directamente a Theo.

Habían pasado de unos asientos de tercera a estar en un lugar privilegiado y no podían creerlo. Chase, el científico loco, que estaba a la derecha de Theo, le dio un codazo y le susurró:

—¿Has utilizado tus influencias o qué?

—No, pero el juez Gantry y yo tenemos una buena relación.

—Bien hecho.

Exactamente a la una, el alguacil de la sala se puso de pie y dijo en voz alta:

—El tribunal reanuda la sesión. Por favor, permanezcan sentados.

El juez Gantry reapareció con su toga y ocupó su lugar en el estrado. A continuación, miró a Jack Hogan y le dijo:

—El Estado puede llamar a su primer testigo.

Otro alguacil acompañó desde una puerta lateral a la hermana de la señora Duffy hasta la silla de los testigos. Antes de tomar asiento, puso la mano encima de la Biblia y juró decir la verdad. Cuando se sentó y le ajustaron el micrófono, el señor Hogan comenzó su interrogatorio.

Se llamaba Emily Green y era la hermana de Myra Duffy. Tenía cuarenta y cuatro años, vivía en Strattenburg, donde trabajaba como entrenadora de gimnasia, y el día del asesinato había hecho exactamente lo que el señor Hogan había explicado en su exposición inicial. Cuando su hermana no apareció a la hora de comer y tampoco llamó, empezó preocupándose y acabó entrándole miedo. La llamó repetidas veces al celular hasta que, al final, fue a Waverly Creek, a casa de los Duffy, donde halló a su hermana tendida en la alfombra, muerta.

Saltaba a la vista, al menos para Theo, que el señor Hogan y la señorita Green habían ensayado su declaración. Ésta había sido pensada para determinar la muerte y despertar simpatías. Cuando finalizaron, Clifford Nance se levantó y anunció que no interrogaría a la testigo. La señorita Green se levantó y fue hacia uno de los asientos de primera fila, junto a sus dos sobrinos y delante de los alumnos del señor Mount.

El siguiente testigo fue el detective Krone, de Homicidios. Utilizando la pantalla y el proyector, él y Jack Hogan describieron el vecindario, el hogar de los Duffy y la escena del crimen. Varios hechos importantes quedaron probados, aunque el jurado ya los conocía. La puerta principal estaba entreabierta. La puerta de atrás y la del patio lateral no estaban cerradas con llave. El sistema de alarma no había sido conectado.

Y también salieron a la luz nuevos hechos. En la casa se encontraron huellas dactilares de la señora Duffy, de su marido y de la asistenta, pero eso era de esperarse. No se encontraron más huellas ni en picaportes ni en ventanas ni en teléfonos ni en cajones ni en el joyero, y tampoco en la lujosa caja de caoba donde el señor Duffy guardaba su valiosa colección de relojes. Eso significaba una de dos cosas: que el ladrón y asesino llevaba guantes o se tomó la molestia de borrar todas sus huellas, o que el ladrón y asesino era el señor Duffy o la asistenta. Ésta no trabajó el día del asesinato, puesto que se encontraba fuera de la ciudad con su marido.

Quien fuera que se llevó las joyas, las pistolas y los relojes también abrió otros cajones y armarios y desparramó su contenido por el suelo. El detective Krone, que tenía una forma metódica y aburrida de expresarse, fue revisando foto tras foto y explicando el caos que el ladrón asesino había dejado a su paso.

Por primera vez, el juicio empezó a hacerse pesado, y el señor Mount vio que sus alumnos empezaban a moverse. Un par de miembros del jurado parecían incluso medio adormilados.

Exactamente a las tres en punto, el juez Gantry dio un golpe con el mazo y anunció un receso de quince minutos. La sala se vació rápidamente. Todo el mundo necesitaba descansar. Theo y sus amigos salieron del tribunal, subieron a un pequeño autobús amarillo y, diez minutos más tarde, estaban de vuelta en el colegio, justo a tiempo para que los enviaran a casa.

Media hora después de haberse marchado, Theo volvía a estar en el tribunal. Corrió escalera arriba hasta el segundo piso. No había ni rastro de la guerra de los Finnemore, ni abogados por los pasillos ni señales de April. La noche anterior, ella no lo había llamado ni contestado sus correos. Tampoco había subido nada en su página de Facebook. Sus padres no la dejaban tener celular, de manera que no podía enviar mensajes de texto, lo cual no era nada raro: al menos la mitad de los alumnos de octavo no tenían celular.

Theo bajó a toda prisa al primer piso, entró en la sala bajo la suspicaz mirada del alguacil Gossett y encontró un asiento libre en la tercera fila, tras la mesa de la defensa. El acusado, el señor Duffy, se sentaba a menos de cinco metros de distancia, y Theo podía escuchar las voces de sus abogados, que se susurraban cosas importantes. Omar Cheepe estaba aún allí y reparó en Theo cuando éste tomó asiento. Como observador experimentado que era, tenía la habilidad de detectar los menores movimientos. Sin embargo, lo hizo con aire indiferente, como si no le importara.

El testigo era un médico, el forense que había realizado la autopsia a la víctima, y estaba utilizando un gran diagrama del cuerpo humano a todo color que detallaba especialmente la zona del cuello. Theo prestó más atención a Clifford Nance que al testigo y observó cómo escuchaba atentamente sus palabras, tomando notas y mirando ocasionalmente al jurado. Se veía tranquilo y confiado, pero listo para lanzarse al ataque si resultaba necesario.

El contrainterrogatorio del forense fue rápido y no puso de manifiesto nada nuevo. Por el momento, Nance parecía contentarse con estar de acuerdo con los testigos de la acusación. Los fuegos artificiales llegarían más tarde.

El juez Gantry suspendió la audiencia poco después de las cinco de la tarde, pero antes dejó marchar al jurado, no sin advertirles que no debían hablar del caso con nadie. La sala se vació, pero Theo se entretuvo observando cómo los letrados recogían sus papeles, sus libros de leyes y hablaban entre ellos en voz baja. Oyó una voz al otro lado del pasillo. Jack Hogan le dijo algo a Clifford Nance, y los dos se echaron a reír. Los ayudantes se les unieron y alguien dijo:

—¿Qué tal una copa?

Enemigos durante un momento concreto, y colegas al siguiente. Theo ya lo había visto otras veces. Su madre había intentado explicarle que los abogados cobraban por hacer un trabajo y que, para hacerlo correctamente, debían dejar a un lado sus sentimientos personales. Los verdaderos profesionales, decía, nunca perdían la sangre fría ni guardaban rencor.

Ike decía que todo eso eran tonterías. Despreciaba a la mayoría de los abogados de la ciudad.

Omar Cheepe no reía y no fue invitado a tomar una copa con el enemigo. Él y Pete Duffy salieron discretamente por una puerta lateral.

7

Los martes por la noche querían decir cena en un comedor de caridad. No era la peor cena de la semana. Ésa solía ser la del domingo por la noche, cuando su madre intentaba asar un pollo. De todas maneras, tampoco era una gran cena.

Se trataba de un amplio comedor situado en el sótano de una iglesia reconvertida, donde la gente sin hogar se reunía para cenar y pasar la noche. La comida la preparaban voluntarios que normalmente ofrecían sándwiches, papas fritas, fruta y galletas.

«Todo de bolsa», solía decir su madre. Evidentemente podría haber sido más sano.

Theo había oído decir que en Strattenburg había unas trescientas personas sin hogar. A veces los veía por Main Street, donde pedían limosna y dormían en los bancos. También los había visto buscando comida en los contenedores de basura. La ciudad estaba preocupada por la cantidad que había y por la falta de camas disponibles en los albergues. El ayuntamiento parecía discutir la cuestión todas las semanas.

La señora Boone también estaba preocupada. Su interés por las madres sin hogar la había llevado a montar un programa de ayuda para las víctimas de la violencia doméstica. Mujeres que habían sido golpeadas y amenazadas. Mujeres que no tenían un lugar donde vivir ni nadie en quien apoyarse.

Mujeres con hijos que necesitaban ayuda y no sabían dónde encontrarla. La señora Boone, junto con otras abogadas de la ciudad, había puesto en marcha una pequeña clínica legal para tender una mano a esas infelices.

Así pues, todos los martes por la noche, la familia Boone caminaba las pocas manzanas de distancia que había entre su bufete y el albergue de Highland Street, donde pasaban unas cuantas horas con los más desfavorecidos. Primero, se turnaban para repartir la cena entre el centenar de mendigos que se reunían allí, y después, tomaban un bocado rápido.

Aunque se suponía que no tenía por qué saberlo, Theo había oído hablar a sus padres acerca de si debían aumentar de doscientos dólares a trescientos su aportación mensual al albergue. Sus padres no eran ricos, ni mucho menos. Sus compañeros de colegio creían que tenía dinero porque tanto su padre como su madre eran abogados; pero lo cierto era que su trabajo no les rendía tanto. Vivían modestamente, exceptuando la educación de Theo, y disfrutaban siendo generosos con los que tenían menos.

Después de la cena, el señor Boone montó un improvisado consultorio al fondo del comedor, y unas cuantas personas sin hogar fueron a verlo. Normalmente, los ayudaba a resolver problemas que iban desde ser desahuciados de sus cuchitriles a que les negaran los cupones de comida o la asistencia sanitaria. El padre de Theo comentaba a menudo que ésos eran sus clientes favoritos. No podían pagarle honorarios, de modo que no tenía la menor urgencia por cobrar. Además, disfrutaba de verdad hablando con ellos. Por su parte, éstos se mostraban agradecidos por la ayuda que les brindaba.

Dada la naturaleza más delicada de su trabajo, la señora Boone atendía a sus clientes en una pequeña habitación del piso de arriba. La primera de esa noche tenía dos hijos pequeños, pero carecía de trabajo y de dinero y, de no haber sido por el albergue, no habría tenido un lugar donde pasar la noche.

El trabajo de Theo consistía en ayudar con las tareas de la escuela. El albergue contaba con varias familias que tenían permiso para pasar allí hasta doce meses, que era el límite en High Street. Al cabo de un año, tenían que buscarse otro sitio. La mayoría de ellos acababan encontrando un trabajo y un lugar donde vivir, pero les llevaba tiempo. Mientras permanecían en el albergue, se les trataba como a cualquier otro residente de Strattenburg y se les proporcionaba comida, ropa y atención médica. Tenían trabajo o lo estaban buscando y eran bienvenidos a los servicios religiosos.

Sus hijos asistían a las escuelas locales. Por las noches, los voluntarios de la iglesia organizaban en el albergue sesiones para ayudarlos con la tarea. El cometido de Theo todos los martes consistía en dar clases de inglés a Héctor y a Rita, unos gemelos de segundo curso, y ayudar a su hermano con el álgebra. Provenían de El Salvador, y su padre había desaparecido en circunstancias misteriosas, dejándolos sin hogar. La policía los había encontrado, viviendo bajo un puente con su madre.

Como siempre Héctor y Rita se mostraron encantados de ver a Theo y le hicieron compañía mientras se comía su sándwich. Luego, se escabulleron hasta una espaciosa habitación del final del pasillo donde otros niños recibían lecciones.

—Nada de español —insistió—. Sólo inglés.

El nivel de inglés de Rita y de Héctor era increíble. Lo estudiaban todo el día en el colegio y después se lo enseñaban a su madre. Encontraron una mesa libre cerca de un rincón, y Theo empezó a leerles un libro de cuentos ilustrado que hablaba de una rana que se había perdido en el mar.

La señora Boone había insistido en que Theo recibiera sus primeras clases de español en cuarto curso, que era el primero en que se ofrecían. Cuando la asignatura resultó demasiado floja, contrató a un profesor particular que pasaba por el bufete dos días a la semana para profundizar más. Teniendo a su madre encima constantemente y con la inspiración cotidiana de madame Monique, Theo estaba aprendiendo muy rápido.

Leyó una página. Rita la releyó y después Héctor. Theo les corrigió las faltas y prosiguió. Con un par de docenas de chicos trabajando en sus tareas, la sala era ruidosa, casi caótica.

Los gemelos tenían un hermano mayor, Julio, que estaba en séptimo curso y era tan tímido que llegaba a resultar un problema. La señora Boone suponía que el pobre chico arrastraba el trauma de haber perdido a su padre en un país desconocido donde no tenían a nadie.

Siempre tenía una teoría cuando alguien se comportaba de modo extraño.

Cuando Theo acabó la lectura del segundo libro con Rita y Héctor, Julio se les unió y se sentó con ellos.

—¿Qué tal? —le preguntó Theo.

Julio se limitó a sonreír y apartó la mirada.

—Leamos otro libro —propuso Héctor.

—Dentro de un momento.

—Tengo problemas con el álgebra —dijo Julio—. ¿Me puedes ayudar?

—¡Está con nosotros! —le espetó Rita a su hermano, lista para pelear.

Theo fue a buscar un par de libros a la estantería y dio uno a Rita y otro a Héctor. Luego, les entregó papel y lápiz.

—Léanlos —les ordenó— y pronuncien las palabras en voz alta. Si encuentran una que no entiendan, anótenla, ¿sale?

Abrieron sus libros como si estuvieran compitiendo.

Acto seguido, Theo y Julio se sumergieron en el mundo del álgebra.

A las diez, los Boone estaban en casa, delante del televisor, y Judge dormía en el sofá, con la cabeza en el regazo de Theo. El caso Duffy era la única noticia destacable de Strattenburg, y las dos cadenas locales no daban prácticamente nada más. Había un video de Pete Duffy saliendo de los juzgados, escoltado por abogados, auxiliares y tipos vestidos de negro y de expresión adusta. Otro video, grabado desde el aire, mostraba la vivienda de los Duffy, situada junto a la calle del hoyo seis, en Waverly Creek. Un reportero hizo un resumen de las declaraciones de los testigos desde el exterior de los juzgados. El juez Gantry había decretado secreto de sumario, y ni los letrados ni la policía ni los testigos tenían permiso para hablar o dar su opinión sobre el caso.

El juez Gantry también había prohibido las cámaras en su tribunal, de manera que los equipos de televisión tenían que esperar afuera.

Theo no había hablado de otra cosa, y sus padres compartían su idea de que Duffy era culpable. De todas maneras, demostrarlo no iba a ser cosa fácil.

Durante los anuncios, Theo se puso a toser. Al ver que no conseguía llamar la atención de sus padres, tosió con más fuerza.

—Creo que me duele la garganta —se quejó.

—Me parece que estás un poco pálido —dijo su padre—. ¿No estarás enfermo?

—No me encuentro bien.

—¿Te pican los ojos?

—Eso creo.

—¿Y te duele la cabeza?

—Sí, pero no mucho.

—¿Mocos? ¿Te gotea la nariz?

—Sí.

—¿Cuándo ha empezado? —quiso saber su madre.

—Me parece que estás muy enfermo —declaró su padre—. Creo que mañana deberías faltar al colegio, no sea que vayas a contagiar tu terrible infección. De todas maneras, me parece que sería buena idea que fueras al tribunal, a presenciar el juicio del caso Duffy. ¿Tú qué opinas, mamá?

—Ya entiendo. Un repentino ataque de gripe.

—Seguramente no es más que otro de esos ataques que duran veinticuatro horas y que desaparecen milagrosamente cuando acaban las clases del día —comentó su padre.

—De verdad que no me encuentro bien —insistió Theo, que a pesar de verse descubierto mantuvo valientemente su postura.

—Tómate una aspirina. Puede que te corte la tos —dijo Woods Boone, que rara vez iba al médico y creía que la mayoría de la gente gastaba demasiado en medicamentos.

—¿Puedes toser un poco más para que lo veamos? —le pidió su madre, que solía mostrarse bastante más comprensiva cuando él se encontraba mal.

Lo cierto era que Theo tenía un largo historial de dolencias fingidas, especialmente cuando tenía algo mejor que hacer que ir al colegio.

Su padre se echó a reír.

—Sí, ha sido una tos realmente floja, Theo, incluso tratándose de ti.

—Podría estar muriéndome —repuso Theo, intentando no reír.

—Sí, pero no te estás muriendo —le dijo su padre—. Y si mañana te apareces por la sala del tribunal, el juez Gantry te mandará arrestar como un vulgar maleante.

—¿Y no conoces a un buen abogado? —replicó Theo.

Su madre se echó a reír, y al final hasta Woods Boone acabó viéndole la gracia.

—Anda, vete a la cama —le dijo.

Theo subió a su cuarto cabizbajo y derrotado, con Judge tras él. Una vez acostado, encendió la computadora y se conectó con April. Se sintió aliviado cuando ella respondió.

APRILNPARIS: Hola, Theo. ¿Cómo estás?

TBOONEESQ: Bien. ¿Dónde estás?

APRILNPARIS: En casa, en la cama, con la puerta cerrada con llave.

TBOONEESQ: ¿Y tu madre?

APRILNPARIS: Abajo. No nos hablamos

TBOONEESQ: ¿Has ido al colegio?

APRILNPARIS: No. El juicio ha durado hasta la una. No sabes cómo me alegro de que haya acabado.

TBOONEESQ: ¿Cómo te ha ido en el estrado de los testigos?

APRILNPARIS: Mal. Me he echado a llorar. No podía dejar de llorar. Le he dicho al juez que no quería vivir ni con mi padre ni con mi madre. El abogado de mi madre me ha hecho preguntas, y el de mi padre también. Ha sido horrible.

TBOONEESQ: Lo siento.

APRILNPARIS: No entiendo, por qué quieres ser abogado.

TBOONEESQ: Para ayudar a la gente como tú. Porque eso es lo que hacen los buenos abogados. ¿Te ha caído bien el juez?

APRILNPARIS: No me ha caído bien nadie.

TBOONEESQ: Mi madre dice que es bueno. ¿Ha tomado alguna decisión en cuanto a tu custodia?

APRILNPARIS: No. Ha dicho que lo haría en unos días. Por el momento estoy viviendo con mi madre. Su abogado cree que me quedaré con ella.

TBOONEESQ: Me parece lo más probable. ¿Irás al colegio mañana?

APRILNPARIS: Sí. Hace una semana que no hago la tarea.

TBOONEESQ: Nos veremos mañana.

APRILNPARIS: Gracias, Theo.

Una hora más tarde seguía despierto, y sus pensamientos pasaban de April al juicio del caso Duffy.

8

Julio lo estaba esperando. Theo dejó su bici en el soporte, junto al mástil de la bandera del colegio, y lo saludó en español.

—Hola, Julio, buenos días.

—Hola, Theo.

Theo cerró la cadena alrededor de la rueda delantera con el candado. Aquello seguía molestándole. Hasta el año anterior, nadie había robado una bicicleta en Strattenburg. Luego, empezaron a desaparecer, y los padres a insistir en que las cerraran con candado.

—Gracias por tu ayuda anoche —le dijo Julio en un inglés correcto pero con fuerte acento.

El hecho de que se hubiera acercado a Theo por propia voluntad e iniciado una conversación suponía un gran paso. Al menos eso le pareció a Theo.

—No hay problema. Cuando quieras.

Julio miró en derredor. Los niños que bajaban de los autobuses estaban entrando en la escuela.

—Tú entiendes de leyes, ¿no, Theo?

—Tanto mi padre como mi madre son abogados.

—¿Y de policía, tribunales y todo eso?

Theo se encogió de hombros. Nunca negaba que sabía bastante de asuntos legales.

—Entiendo mucho de todo eso. ¿Qué ocurre?

—Ese juicio tan importante, es el del señor Duffy, ¿no?

—Sí, está acusado de asesinato, y es un caso importante.

—¿Podemos hablar del asunto?

—Claro —repuso Theo—. ¿Puedo saber por qué?

—Quizá sepa alguna cosa.

Theo lo miró a los ojos y Julio apartó la vista, como si hubiera hecho algo malo. Uno de los supervisores gritó a un grupo de estudiantes que dejaran de hacer el tonto y entraran de una vez. Theo y Julio se encaminaron hacia la puerta.

—Te veré durante el almuerzo —le dijo Theo.

—Está bien. Gracias.

—No hay problema.

Si Theo no tenía suficientes cosas en la cabeza con el juicio del caso Duffy, en ese momento ya tenía otra cosa en la cual pensar. ¿Qué podía saber sobre el asesinato de Myra Duffy un chico de doce años, sin techo y recién llegado de El Salvador?

Nada, decidió Theo mientras entraba en su salón. Dio los buenos días al señor Mount y sacó las cosas de la mochila. No se sentía nada contento. El juicio, el juicio más importante de la historia de Strattenburg se reanudaría en media hora, y él no estaría allí para verlo. «¡No hay justicia!», se dijo.

Durante el recreo de la mañana Theo se escabulló a la biblioteca, se escondió en uno de los cubículos de consulta, encendió la computadora y se puso a trabajar.

La relatora del juicio del caso Duffy era la señorita Finney. Por lo que Theo había oído en los tribunales, era la mejor de la ciudad. Se sentaba siempre justo por debajo del juez y al lado del estrado de los testigos. Era el mejor lugar de la sala y con todo merecimiento, puesto que su trabajo consistía en anotar todo lo que dijeran durante el juicio tanto el juez como los letrados, los testigos y, por último, el jurado. Manejando su máquina estenográfica, la señorita Finney era capaz de registrar doscientas palabras por minuto.

En otro tiempo, a decir del señor Boone, los relatores judiciales utilizaban taquigrafía, una forma de anotación que incluía símbolos, códigos, abreviaciones y cualquier otra cosa que fuera necesaria para registrar los diálogos. Una vez finalizado el juicio, el relator traducía las notas y las pasaba a máquina para conseguir una transcripción en limpio de todo lo dicho durante las vistas. Era un trabajo difícil que podía llevar semanas e incluso meses.

Sin embargo, en esos momentos, y gracias a la tecnología, el trabajo de anotación resultaba mucho más fácil. Y, mejor aún, proporcionaba un registro instantáneo del juicio. En la sala había como mínimo cuatro computadoras de escritorio: una en el estrado, para el juez Gantry; otra en la mesa de la defensa; otra en la mesa del fiscal, y una última, para el asistente del tribunal. A medida que la señorita Finney recogía palabra tras palabra, el texto era traducido, formateado y archivado como Zip en el sistema, de manera que las cuatro computadoras controlaban la marcha del juicio en tiempo real.

En un juicio se producen a menudo discusiones sobre si determinado testigo ha dicho tal o cual cosa. Antiguamente, los jueces tenían que interrumpir el juicio mientras el pobre relator rebuscaba entre sus notas hasta que encontraba lo que había escrito. Por suerte, en esos momentos el registro estaba disponible de forma instantánea y resultaba mucho más fiable.

La señorita Finney compartía despacho en el segundo piso con otros relatores. El sistema de software que utilizaban se llamaba «Veritas». Theo se había introducido a escondidas en el sistema en más de una ocasión, cuando había sentido curiosidad por lo ocurrido en la sala.

No era un sistema seguro porque la información estaba a disposición del tribunal. Cualquiera podía entrar en la sala y presenciar la audiencia. Eso sí, cualquiera que no estuviera sujeto a horario escolar. Por eso, aunque no pudiera asistir personalmente, Theo había planeado la forma de enterarse de lo que estuviera ocurriendo.

No se había perdido gran cosa. El primer testigo del segundo día había sido el jefe de seguridad que trabajaba en la entrada principal de la urbanización de Waverly Creek. Ésta tenía dos puertas, la Principal y la Sur, y ambas contaban con garitas donde había un vigilante armado las veinticuatro horas y cámaras de seguridad. El responsable de la seguridad echó mano de las grabaciones y declaró que, ese día, el señor Duffy, o al menos su coche, había salido por la puerta principal a las seis y cuarenta y ocho de la mañana y regresado a las diez y veintidós.

Los registros demostraban que el coche del señor Duffy se encontraba en casa cuando su esposa fue asesinada. Sin embargo, la cuestión no tenía ninguna trascendencia puesto que él ya lo había admitido: salió a trabajar, regresó a casa, estacionó el coche, subió a su carrito de golf y se fue al campo dejando a su esposa en casa, todavía con vida.

«¡Gran cosa!», pensó Theo, que comprobó la hora. Le quedaban cinco minutos.

La acusación estaba haciendo una tediosa descripción de todos los vehículos que habían entrado en Waverly Creek aquella mañana. Había un camión de fontanería y sus hombres, que habían ido a casa de uno de los residentes. Otro de una empresa que ponía suelos y varios más. Theo tuvo la impresión de que el fiscal estaba intentando enumerar a todos los no residentes que habían entrado ese día.

¿Y para demostrar qué? Quizá Jack Hogan pretendía demostrar que no había vehículos ni personas sin autorización en Waverly Creek en el momento del crimen. A Theo le pareció que iba demasiado lejos.

Comprendió que se estaba perdiendo una parte muy aburrida del juicio, de modo que apagó su computadora y se marchó corriendo a clase.

Julio no estaba en la cafetería. Theo comió algo a toda prisa y fue en su busca. La curiosidad lo azuzaba y cuanto más rato pasaba sentado en clase más se impacientaba por enterarse de lo que Julio decía saber. Preguntó a otros chicos de séptimo, pero nadie sabía dónde estaba.

Theo regresó a la biblioteca, al mismo cubículo, y rápidamente se introdujo en el sistema de la señorita Finney. La audiencia se había suspendido para almorzar, como él esperaba. De no haber sido así, habría buscado alguna excusa para correr al centro durante la pausa de mediodía y comprobar la situación por sí mismo.

Tal como suponía, la acusación había intentado demostrar que no había vehículos sin autorización en Waverly Creek en el momento del asesinato. En consecuencia, y siguiendo la teoría de Jack Hogan, el asesino no era alguien que hubiera entrado sin permiso. Cualquier desconocido habría sido detectado por las estrictas medidas de seguridad. Así pues, el asesino tenía que ser alguien que pudiera entrar y salir sin llamar la atención de los vigilantes. Alguien que viviera allí. Alguien como Pete Duffy.

Aquel intento de la acusación suscitó una airada reacción

por parte de Clifford Nance, que hasta ese momento había permanecido en silencio. Durante un acalorado y a ratos áspero contrainterrogatorio, Nance obligó al jefe de seguridad a reconocer: uno, que en Waverly Creek había ciento cincuenta y cuatro casas individuales y ochenta contiguas; dos, que los residentes de la urbanización tenían en total cuatrocientos setenta y siete vehículos; tres, que el camino asfaltado de servicios no estaba vigilado ni por guardias ni por cámaras, y cuatro, que había además otros dos caminos de acceso de gravilla que no figuraban en el mapa.

El señor Nance subrayó el hecho de que Waverly Creek abarcaba unas 480 hectáreas con numerosos arroyos, riachuelos, balsas, bosques, claros, avenidas, casas, viviendas pareadas y tres campos de golf y que, por lo tanto, resultaba completamente imposible controlarlo en su totalidad.

El responsable de seguridad no tuvo más remedio que estar de acuerdo a pesar suyo.

Más tarde reconoció también que no había forma de saber quién se encontraba en el interior de la urbanización en un momento dado y quién no.

A Theo, el contrainterrogatorio no sólo le pareció brillante y muy eficaz, sino que le hizo lamentar habérselo perdido.

—¿Qué estás haciendo?

La voz sobresaltó a Theo y lo hizo volver a la realidad del colegio. Era April, que conocía sus escondrijos.

—Mirando lo que pasa en el juicio.

—Yo espero no volver a pisar un tribunal.

Theo cerró su computadora, y los dos se trasladaron a una mesa, cerca de los periódicos. April deseaba hablar y, entre susurros, le contó el calvario que había sido tener que declarar ante un tribunal mientras un montón de adultos la miraban con mala cara.

El timbre que señalaba el final de las clases sonó a las tres y media. Veinte minutos más tarde, Theo se hallaba en la sala del tribunal. No estaba tan llena y pudo sentarse al lado de Jenny, su verdadero amor del Tribunal de Familia. Ella le dio una palmada en la pierna, como si no fuera más que una simpática mascota, cosa que siempre irritaba a Theo.

El jurado no estaba, y tampoco el juez. La audiencia parecía haberse interrumpido.

—¿Qué pasa? —preguntó Theo.

—Están discutiendo en el despacho del juez —le contestó Jenny en voz baja, frunciendo el entrecejo—. ¿Sigues pensando que es culpable? —dijo en voz aún más baja.

—Sí. ¿Y tú?

—No lo sé.

Estuvieron cuchicheando durante unos minutos, hasta que vieron movimiento junto al estrado. El juez Gantry entró en la sala, seguido de los letrados, y el alguacil fue a buscar al jurado.

El siguiente testigo de la acusación fue un banquero. Jack Hogan empezó haciéndole una serie de preguntas sobre los préstamos concedidos a Pete Duffy. Se habló mucho de finanzas, riesgos y garantías, asuntos que en su mayor parte escapaban a la comprensión de Theo, que, observando al jurado, se dio cuenta de que tampoco entendía gran cosa. La declaración no tardó en hacerse tediosa y aburrida. Theo llegó a la conclusión de que, si la intención de Jack Hogan era demostrar que Duffy estaba en apuros y necesitaba dinero, había elegido a un mal testigo.

No fue un buen día para la acusación, al menos en opinión de Theo. Contempló la sala a su alrededor y vio que el siniestro Omar Cheepe no estaba. De todas maneras dio por hecho que no andaría lejos, observando o escuchando.

El banquero estaba a punto de lograr que todo el mundo se durmiera. Theo alzó la vista hacia la galería y vio que se hallaba vacía, salvo por una persona. Julio estaba allí, en un extremo de la primera fila, inclinado por la cintura, de modo que su cabeza apenas resultaba visible, como si supiera que no debía estar donde estaba.

Theo se volvió, miró al testigo, al jurado y se preguntó qué hacía Julio presenciando el juicio.

Sabía algo.

Unos minutos más tarde, Theo volvió a levantar la vista. Julio no estaba solo. Omar Cheepe se había sentado justo detrás y él no se había dado cuenta de que lo estaba observando.

9

El juez Gantry suspendió la audiencia poco después de las cinco y llamó a las partes a su despacho para lo que prometía ser una reunión movida. Theo salió a toda prisa y fue en busca de Julio, pero no vio rastro de él. Unos minutos después, se estacionó en la parte de atrás del bufete de sus padres y entró. Elsa estaba ordenando su mesa, lista para marcharse.

—¿Qué, un buen día en el colegio? —le preguntó con su habitual sonrisa mientras le daba un abrazo.

—Pues no.

—¿Y por qué no?

—El colegio es un fastidio.

—Claro, y lo es más cuando se está juzgando un caso interesante, ¿verdad?

—Exacto.

—Tu madre está con una clienta y, por lo que he oído, me parece que tu padre está practicando con el *putt*.

—Lo necesita —contestó Theo—. Hasta mañana.

—Adiós, cariño. Nos vemos mañana. —Elsa salió por la puerta principal, y Theo cerró tras ella.

Woods Boone guardaba un *putt* y unas bolas en su despacho para practicar sobre una gastada alfombra oriental que poco tenía que ver con un *green* de verdad. Varias veces al día, cuando necesitaba, según sus propias palabras, «estirar la espalda», tiraba unas cuantas bolas. Si fallaba, que era lo más usual, las bolas se salían de la alfombra y rodaban por el suelo de madera con un ruido característico, uno que no era tan fuerte como el de una bola de boliche, pero que se oía igual. De ese modo, todo el mundo en el piso de abajo sabía que el frustrado golfista había vuelto a fallar el golpe.

—Ah, hola, Theo —dijo el señor Boone.

Estaba sentado frente a su mesa, arremangado, con una pipa entre los dientes y un montón de papeles delante. No pateaba, desde luego.

—¿Qué tal, papá?

—¿Has tenido un buen día en el colegio?

—Sí, estupendo. —Siempre que se quejaba, cosa que no podía evitar de tanto en cuanto, le caía un sermón sobre la importancia de la educación y todo ese rollo—. Al salir del colegio, he pasado por el tribunal.

—Ya lo imaginaba. ¿Alguna novedad interesante?

Charlaron de la marcha del caso durante unos minutos. Su padre no parecía manifestar el menor interés en él, cosa que tenía perplejo a Theo. ¿Cómo era posible que un abogado no se apasionara con el acontecimiento más importante del sistema judicial de Strattenburg?

Sonó el teléfono y el señor Boone se disculpó. Theo bajó a ver cómo marchaban las cosas en el resto del bufete. Vince, el auxiliar, estaba trabajando con la puerta cerrada. Dorothy, la ayudante de Inmobiliario, se había marchado. Del despacho de la señora Boone salían voces muy serias. Así pues, Theo siguió caminando por el pasillo. A menudo había oído a gente llorar allí dentro, mujeres agobiadas por sus problemas conyugales y que necesitaban desesperadamente la ayuda de su madre.

No pudo evitar sonreír ante lo importante que era. Aunque no tenía el menor deseo de convertirse en un tipo de abogado parecido, se sentía muy orgulloso de ella.

Entró en su despacho, estuvo un rato jugando con Judge y después empezó su tarea. Pasaron unos minutos y empezaba a oscurecer. Judge gruñó al oír un ruido afuera y, de repente, alguien llamó a la puerta. Theo, sorprendido, se levantó y miró por la ventana. Era Julio. Le abrió la puerta en el acto.

—Hola, Theo. ¿Podemos hablar aquí afuera? —preguntó, señalando con la cabeza lejos del edificio.

—Claro —repuso Theo, cerrando tras él—. ¿Se puede saber qué pasa?

—No lo sé.

—Te he visto en el tribunal esta tarde. ¿Qué hacías allí?

Julio se alejó unos pasos del edificio, como si alguien de adentro pudiera oírlo.

—Necesito alguien en quien confiar, Theo. Alguien que entienda de leyes.

—Puedes confiar en mí —le aseguró Theo, deseoso de escuchar el resto de la historia que no se había podido quitar de la cabeza durante todo el día.

—Está bien, pero si te lo digo, no podrás contárselo a nadie, ¿entendido?

—Entendido, pero por qué vas a contarme algo si no puedo decírselo a nadie. No te entiendo.

—Necesito consejo. Alguien debe saberlo.

—¿Saber qué?

Julio metió las manos en los bolsillos de sus pantalones y dejó caer los hombros. Parecía asustado. Theo pensó en él, en sus hermanos y en su madre, viviendo en un albergue para mendigos, lejos de su hogar y su país, sin su padre. No era de extrañar que tuvieran miedo de todo.

—Puedes confiar en mí, Julio —insistió Theo.

—De acuerdo. —Julio clavó los ojos en el suelo, incapaz de mirar a Theo a la cara—. Tengo un primo, de El Salvador. Está aquí, en Strattenburg. Es mayor, tendrá unos dieciocho o diecinueve años. Lleva un año en la ciudad. Trabaja en el campo de golf. Corta la hierba, pone agua en las neveras, esa clase de cosas. ¿Tú juegas golf?

—Sí.

—Entonces conocerás a los chicos que cuidan del campo.

—Sí, a algunos.

Theo jugaba con su padre todos los sábados por la mañana en el campo municipal de la ciudad. Si lo pensaba, siempre había trabajadores en el recorrido, en las calles y en los *greens*, por lo general hispanos.

—¿En qué campo? —preguntó, puesto que en los alrededores había tres.

—En ese donde fue asesinada esa señora.

—¿En Waverly Creek?

—Sí.

Theo notó que se le hacía un nudo en las tripas, un nudo muy apretado.

—Sigue —pidió, aunque algo le decía que era mejor que interrumpiera aquella conversación allí mismo, corriera a su despacho y cerrara la puerta.

—Resulta que tenía turno el día del asesinato. Estaba almorzando. Su rato para comer va de las once y media a las doce. Añora mucho su hogar, de modo que la mayoría de las veces se lleva su comida y come solo. Lleva siempre una foto de su familia, sus padres y sus cuatro hermanos pequeños y come mientras la mira. Le pone muy triste, pero al mismo tiempo le recuerda por qué está aquí. Les envía dinero todos los meses. Son muy pobres.

—¿Y dónde suele comer? —preguntó Theo, que empezaba a intuir algo.

—Yo no entiendo mucho de golf. Sólo sé lo que él me ha contado. «Calle» y «*dog leg*». ¿Sabes lo que significan esas palabras?

—Claro.

—Bueno, pues resulta que ese día mi primo estaba sentado bajo un árbol, en un *dog leg*, medio escondido porque el rato que tiene para comer es el único en que puede estar solo. Entonces vio al tipo ese, conduciendo su coche de golf a toda velocidad por el *car-path*. El tipo llevaba la bolsa de palos en la parte de atrás, pero no estaba jugando. Lo que ocurría era que tenía mucha prisa. De repente, giró a la izquierda y a continuación estacionó el coche cerca del patio de la casa donde asesinaron a esa mujer.

Theo contenía el aliento.

—¡Dios mío!

Julio lo miró.

—Sigue, por favor —le pidió Theo.

—Así pues, el tipo saltó del coche, se acercó caminando hasta la puerta de atrás de la casa y entró. La puerta no estaba cerrada con llave y el tipo se movía rápidamente, como si supiera lo que estaba haciendo. Mi primo no le dio demasiadas vueltas porque la gente que vive allí juega golf constantemente. De todas maneras, le pareció raro que el hombre ese se quitara los zapatos en el patio. Y también hizo otra cosa que a mi primo le pareció rara.

—¿Qué cosa?

—El tipo llevaba un guante blanco en la mano izquierda. Eso es normal, ¿no?

—Sí. La mayoría de los jugadores diestros llevan un guante en la mano izquierda.

—Eso me dijo mi primo. Así pues, el tipo ese estaba jugando golf y decidió parar un momento en su casa...

—Y se olvidó de quitarse el guante —anticipó Theo.

—No sé, pero ahora viene la parte más rara. Cuando el hombre ese se quitó los zapatos y los dejó junto a la puerta, metió la mano en el bolsillo, sacó otro guante y se lo puso en la mano derecha. Dos guantes blancos.

El nudo en el estómago de Theo era como una pelota de futbol.

—¿Para qué querría ponerse ese tipo dos guantes antes de entrar en casa? —preguntó Julio.

Pero Theo no respondió. Su mente estaba centrada en la imagen de Pete Duffy, sentado en el tribunal, rodeado de sus abogados, con una sonrisa de suficiencia en el rostro, como si hubiera cometido el crimen perfecto y no pudieran atraparlo.

—¿Qué calle era? —quiso saber Theo.

—La calle del Creek Course número seis, aunque no sé lo que significa.

«Ahí es donde está la casa de los Duffy», se dijo Theo.

—¿A qué distancia se encontraba tu primo?

—No lo sé. No conozco el sitio, pero está bastante escondido. Cuando el hombre salió de la casa, miró a su alrededor con aire suspicaz, para asegurarse de que nadie lo había visto. No tenía ni idea de que mi primo estaba mirando.

—¿Cuánto rato estuvo el hombre dentro de la casa?

—Poco. Mi primo no sospechó nada. Acabó su almuerzo y estaba rezando por su familia cuando el hombre salió por la misma puerta. Éste paseó un momento por el patio, se tomó su tiempo y echó un vistazo a la calle. Luego, se quitó los guantes y los metió en su bolsa de palos, se calzó los zapatos, se puso al volante del cochecito y volvió al campo.

—¿Qué ocurrió a continuación?

—Mi primo volvió al trabajo a mediodía. Unas horas más tarde estaba cortando el césped en el Nueve Norte, cuando un compañero le dijo que algo había pasado en el Creek Course y que había policías por todas partes. Al parecer alguien había entrado en una de las casas y asesinado a una mujer. Durante toda la tarde los rumores corrieron como la pólvora por el campo de golf, y mi primo acabó enterándose de qué casa era, de modo que se acercó con uno de los tractores de mantenimiento. Cuando vio que la policía tenía la casa rodeada, se alejó a toda prisa.

—¿Se lo contó a alguien?

Julio empujó una piedra con el pie y volvió a mirar en derredor. Había oscurecido y nadie los observaba.

—Todo esto que te estoy contando queda entre tú y yo, ¿verdad?

—Pues claro.

—Bueno, mi primo es un «sin papeles». Mi madre tiene papeles para nosotros; pero mi primo no. Al día siguiente al asesinato, la policía se presentó con un montón de preguntas. Allí hay otros dos chicos que también son de El Salvador y tampoco tienen papeles, de modo que el capataz les dijo a mi primo y a los otros dos que no asomaran la nariz por allí y se mantuvieran alejados un par de días. Y eso fue lo que hicieron. Si mi primo se hubiera presentado ante la policía lo habrían arrestado en el acto y devuelto a su país.

—O sea, que no se lo ha contado a nadie.

—No. Sólo a mí. La otra noche estaba viendo la tele y salió una noticia que hablaba de un asesinato. Mostraron la casa y mi primo la reconoció. También mostraron al señor Duffy, caminando por la acera. Mi primo dice que está seguro de que ese hombre caminaba igual que el que vio entrar en la casa.

—¿Y por qué te lo contó a ti?

—Porque soy su primo y voy al colegio. Mi inglés es bueno y tengo papeles. Él no entiende el sistema judicial y me pidió que se lo explicara. Yo le dije que procuraría enterarme. Por eso estoy aquí, Theo.

—¿Qué quieres de mí?

—Que nos digas lo que debemos hacer. Mi primo podría ser un testigo importante, ¿no?

—Desde luego.

—Entonces, ¿qué debe hacer?

«Correr de vuelta a El Salvador», pensó Theo, pero no lo dijo.

—No sé. Déjame que lo piense —dijo, acariciándose la barbilla. Los aparatos de los dientes de repente le dolían. Dio una patada a una piedra y se imaginó el escándalo que se organizaría si el primo de Julio llegaba a sentarse en el estrado de los testigos.

—¿Hay algún tipo de recompensa? —preguntó Julio.

—¿Tu primo quiere dinero?

—Todo el mundo quiere dinero.

—No lo sé, pero puede que sea demasiado tarde. El juicio está medio acabado. —Theo dio una patada a otra piedra y, durante un momento, los dos chicos se miraron los zapatos.

—Esto es increíble —dijo Theo, que se sentía aturdido y confuso. Sin embargo, su raciocinio le decía que aquella situación lo superaba por completo. Tendrían que ser los adultos quienes se ocuparan de ella.

Era imposible guardar semejante secreto.

—¿Qué? —preguntó Julio, que miraba fijamente a Theo, esperando sus sabios consejos.

—¿Dónde vive tu primo?

—Cerca de Quarry, pero nunca he estado allí.

Theo lo suponía. Quarry era el barrio más difícil de la

ciudad, donde vivía la gente con menos recursos. Strattenburg era una ciudad pacífica, pero siempre que había alguna refriega por drogas o algún altercado era en el Quarry.

—¿Puedo hablar con tu primo?

—No lo sé, Theo. Está muy nervioso con todo esto. Tiene miedo de meterse en problemas. Su trabajo es muy importante para la familia que ha dejado atrás.

—Lo entiendo, pero necesito comprobar los hechos antes de decidir qué hacer. ¿Cada cuándo ves a tu primo?

—Una o dos veces por semana. Suele pasar por el albergue a ver a mi madre. Añora mucho su hogar, y nosotros somos la única familia que tiene aquí.

—¿Tiene teléfono?

—No, pero vive con otros como él, y uno de ellos tiene.

Theo caminó arriba y abajo por el estacionamiento, sumido en sus pensamientos.

—De acuerdo. El plan es éste. Supongo que esta noche también necesitas que te ayude con el álgebra, ¿no?

—Bueno…, sí.

—Tú di simplemente que sí.

—Sí.

—Bien. Ve a ver a tu primo y dile que pase por el albergue dentro de una hora. Yo iré para ayudarte con la tarea y fingiré que me tropiezo con él. Dile que soy de fiar y que no revelaré su secreto a nadie a menos que él me lo permita. ¿Entendido?

—Lo intentaré. ¿Qué pasará cuando hayas hablado con él?

—No lo sé. No he llegado tan lejos.

Julio desapareció en la noche y Theo regresó a su despacho, donde tenía un archivo con todos los datos del caso

Duffy. Había recortes de diario, una copia de la citación por asesinato y el resultado de sus búsquedas por internet acerca de Duffy, de Clifford Nance y Jack Hogan, el fiscal.

Todos los abogados tenían sus archivos.

Era miércoles por la noche, y eso significaba comida para llevar del Golden Dragon que los Boone cenaban en el estudio mientras veían la reposición de algún episodio de la serie favorita de Theo: *Perry Mason*.

La señora Boone seguía con su clienta, una pobre mujer a la que de vez en cuando oía sollozar a través de la puerta. El señor Boone se disponía a salir hacia el restaurante chino cuando Theo le explicó que necesitaba ir al albergue para ayudar a Julio.

—De acuerdo, pero no tardes —le dijo su padre—. Recuerda que cenamos a las siete.

—No te preocupes.

«Claro que cenaremos a las siete.»

El bufete tenía una biblioteca en el piso de abajo, cerca de la entrada. En el centro había una gran mesa alargada, con sillas de piel alrededor. Las paredes estaban llenas de gruesos libros de leyes. Las reuniones importantes se celebraban entre esas cuatro paredes. De vez en cuando, los abogados se reunían allí para negociar o recoger alguna declaración. A Vince, el auxiliar, le gustaba trabajar en ella. Y también a Theo, cuando el bufete estaba tranquilo. Le gustaba igualmente entrar a hurtadillas por la tarde, cuando el despacho había cerrado y los demás se habían marchado.

Entró con Judge y cerró la puerta. No encendió las luces, sino que se acomodó en una silla, apoyó los pies en la mesa y contempló las hileras de libros en la penumbra. Cientos de libros. Del final del pasillo le llegaban las distantes voces de su madre y su clienta.

Theo no conocía a ningún otro chico cuyos padres trabajaran juntos en la misma profesión. Tampoco conocía a ningún otro chico que se encerrara en un despacho al terminar la escuela. A esa hora, la mayoría de sus amigos se dedicaban a jugar futbol, beisbol, a nadar o a perder el tiempo en sus casas a la espera de la cena. Sin embargo, allí estaba él, sentado en la biblioteca a oscuras, meditando acerca de los acontecimientos de la hora anterior.

Le encantaba aquel sitio, el penetrante olor del cuero gastado, de las viejas alfombras y de los polvorientos libros. El aire de importancia que tenía.

¿Cómo podía ser que él, Theodore Boone, supiera la verdad sobre el asesinato de la señora Duffy? De entre todos los habitantes de Strattenburg, casi setenta y cinco mil, ¿por qué le había tocado a él? Se trataba del caso criminal más importante ocurrido en la ciudad desde los años cincuenta y, de repente, él, Theo, se hallaba en su epicentro.

Y no tenía la menor idea de qué hacer.

10

Había unos cuantos individuos de aspecto duro alrededor de la entrada del Highland Shelter cuando Theo estacionó su bicicleta. Pasó entre ellos con un educado «disculpen» y su metálica sonrisa, pero sin miedo, porque ninguno de ellos se molestaría en meterse con un niño. En el aire flotaba un fétido olor a garrafón.

—¿Tienes cambio, muchacho? —dijo una voz cascada.

—No, señor —contestó Theo, sin aminorar el paso.

Theo encontró a Julio y a su familia en el sótano, acabando de cenar. La madre hablaba un inglés pasable, pero fue obvio que le sorprendió ver a Theo un miércoles por la noche. Éste le explicó, en lo que esperaba fuera un perfecto español, que Julio necesitaba un poco más de ayuda con el álgebra. Evidentemente no entendía el español perfecto porque tuvo que preguntar a Julio qué estaba diciendo Theo. Héctor empezó a llorar en ese preciso instante por algo, y ella le dedicó toda su atención.

La cafetería estaba abarrotada, hacía calor y había más niños llorando. Theo y Julio se refugiaron en una sala del piso de arriba, que su madre solía utilizar para reunirse con sus clientas del albergue.

—¿Has hablado con tu primo? —preguntó Theo, después de cerrar la puerta.

—Sí. Me dijo que vendría, pero no estoy seguro. Está muy nervioso, Theo. No te extrañes si no aparece.

—Está bien, empecemos con tu álgebra.

—¿No hay más remedio?

—Julio, estás sacando puros Suficientes y no está bien. Tienes que sacar Bienes y Notables.

Al cabo de diez minutos, los dos estaban aburridos. Theo no podía concentrarse porque su mente estaba con el primo de Julio y el explosivo testimonio que podía prestar. Julio tenía la cabeza en otra parte porque aborrecía las matemáticas. De repente sonó el celular de Theo.

—Es mi madre —explicó, abriéndolo.

La señora Boone se disponía a salir del despacho y estaba preocupada por él. Theo le aseguró que se encontraba bien, trabajando con Julio, y que estaría en casa a tiempo para el chino, aunque quizá sería un chino frío. ¿Qué más daba, frío o caliente?

Cerró el teléfono, y Julio lo miró.

—¡Qué padre que tengas celular!

—No soy el único chico del colegio que tiene uno —explicó Theo—. De todas maneras, es sólo para llamadas locales. No puedo llamar de larga distancia.

—Sigue siendo padre.

—Y sólo es teléfono. No tiene computadora.

—Nadie de mi clase tiene celular.

—Sólo estás en séptimo. Espera al año que viene. ¿Dónde crees que puede estar tu primo ahora mismo?

—¿Por qué no lo llamamos?

Theo vaciló y se dijo «¿Por qué no?». Al fin y al cabo, no tenía toda la noche para pasarla con el primo. Marcó el número y le entregó el teléfono a Julio, que escuchó un momento y se lo devolvió.

—Me mandó al buzón de voz.

Alguien llamó a la puerta.

El primo seguía vistiendo un uniforme de trabajo caqui con el logotipo de Waverly Creek Golf bordado en grande en la espalda y en pequeño en el bolsillo de la pechera izquierda. Llevaba una gorra a juego. No era mucho más alto que Julio y desde luego parecía tener menos de dieciocho o diecinueve años. Sus negros ojos miraban en todas direcciones y, a pesar de que se sentó, dio la impresión de estar a punto de marcharse en cualquier momento.

Rehusó dar la mano a Theo y también su nombre o su apellido, pero habló rápidamente en español con Julio. Su tono era tenso.

—Quiere saber por qué debe confiar en ti —explicó Julio, y Theo le agradeció que hiciera de intérprete porque no había entendido prácticamente nada de aquel español.

—Mira, Julio —dijo—. ¿Por qué no repasamos la situación? Él fue a verte, tú viniste a verme, y ahora yo estoy aquí. Yo no he empezado esto. Si quiere marcharse, que se marche. Yo me vuelvo a casa encantado.

Fueron palabras duras que en inglés sonaron más duras. Julio las tradujo al español, y el primo fulminó a Theo con la mirada, como si lo hubieran insultado.

Theo no deseaba marcharse, aunque sabía que era lo mejor que podía hacer y que no debía implicarse. Se lo había repetido una y mil veces, pero lo cierto era que disfrutaba estando donde se hallaba en ese preciso momento.

—Dile que puede confiar en mí y que no contaré a nadie lo que me diga.

Julio tradujo de nuevo, y el primo pareció relajarse un poco.

Saltaba a la vista que estaba muy preocupado y necesitaba ayuda. Julio siguió parloteando en español, hablando bien de Theo, que consiguió entender algo.

El primo sonrió.

Theo había impreso una foto del Creek Course, obtenida a través de Google Earth, y marcado la situación de casa de los Duffy. El primo, que seguía sin decir su nombre, empezó a contar su historia. Señaló un lugar entre los árboles, junto al *dog-leg* de la calle seis, y habló rápidamente de lo que había visto. Se había sentado en unos troncos, cerca de un riachuelo, tras los árboles, y estaba comiendo tranquilamente, ocupado en sus asuntos, cuando vio que un hombre entraba por la parte de atrás de una casa y salía minutos después. Julio siguió haciendo valientemente de traductor, interrumpiendo a menudo a su primo para poder dar a Theo la versión en inglés, y él, para su satisfacción, empezó a entender mejor el español a medida que su oído fue acostumbrándose a la forma de hablar del primo.

Éste describió el frenesí que se apoderó del campo de golf cuando apareció la policía y comenzaron a correr todo tipo de rumores. Según uno de sus amigos, un chico de Honduras que servía mesas en el restaurante de la casa-club, el señor Duffy estaba tomando un tentempié cuando le comunicaron la noticia del hallazgo de su mujer. Entonces armó una escena, salió a corriendo, subió en su coche de golf y regresó a casa a toda velocidad. Ese amigo le había explicado que Duffy vestía un suéter negro, pantalón café oscuro y una gorra de golf a juego. Correspondía perfectamente, aseguró el primo. Era el mismo conjunto que había visto llevar al hombre que había entrado en casa de los Duffy y salido minutos después.

Theo sacó de su carpeta cuatro fotos de Pete Duffy que

había conseguido en Internet, en la página web del diario de la ciudad, y ampliado a diez por quince. Las extendió sobre la mesa y esperó, pero el primo no pudo identificarlo. Calculaba que se hallaba a una distancia entre cincuenta y ochenta metros del hombre cuando estaba comiendo tranquilamente y lo vio. Desde luego, el hombre se parecía mucho al de las fotos, pero no podía asegurar que fuera el mismo. De lo que sí estaba seguro era de cómo iba vestido.

Una identificación completa por parte del primo habría sido de ayuda, pero no crucial. Sería fácil establecer cómo iba vestido el señor Duffy, y el hecho de que un testigo hubiera visto entrar en la casa, minutos antes del asesinato, a un hombre con idéntica indumentaria supondría una prueba irrefutable. Al menos, en opinión de Theo.

Mientras escuchaba a Julio traducir al español, estudió detenidamente al primo. No había duda de que estaba diciendo la verdad. ¿Por qué no iba a decirla? No tenía nada que ganar mintiendo, y sí mucho que perder. Además, su relato resultaba creíble y encajaba perfectamente en la teoría de culpabilidad de la acusación. El problema era que el fiscal no tenía la menor idea de que existiera semejante testigo.

Theo siguió escuchando y se preguntó qué debía hacer a continuación.

El primo hablaba cada vez más deprisa, como si hubiera superado cualquier reserva y deseara descargarse de todo. Julio hacía lo posible por traducir mientras Theo tecleaba febrilmente en su computadora, anotando cuanto podía. En un momento dado, interrumpió el relato, pidió a Julio que le repitiera algo, y todo volvió a empezar.

Cuando a Theo se le acabaron las preguntas, echó un vistazo al reloj y se sorprendió por lo tarde que era. Pasaban de las siete, y a sus padres no les haría ninguna gracia que llegara tarde a cenar. Dijo que tenía que marcharse, y el primo le preguntó qué ocurriría a partir de entonces.

—No estoy seguro —repuso Theo—. Dame un poco de tiempo. Debo consultarlo con la almohada.

—Pero has prometido no decir nada —dijo Julio.

—Y no lo haré hasta que nosotros, los tres, hayamos pensado un plan.

—Si se asusta, desaparecerá —dijo Julio, señalando a su primo—. No pueden atraparlo, ¿lo entiendes?

—Claro que lo entiendo.

El *chow mien* de pollo estaba más frío de lo habitual, pero Theo no tenía hambre. Los Boone cenaban con bandejas en el estudio, y Judge, que desde su primera semana como miembro de la familia se había negado a comer comida para perros, lo hacía en su cuenco, junto al televisor. A su apetito no le pasaba nada malo.

—¿Por qué no cenas, Theo? —le preguntó su madre, sosteniendo una pata de pollo con los dedos.

—Estoy cenando.

—Pareces preocupado —dijo su padre, que prefería el tenedor.

—Es verdad —convino su madre—. ¿Ha ocurrido algo en el albergue?

—No. Sólo estaba pensando en Julio y en su familia, en lo difícil que debe de ser para ellos.

—Eres un chico muy bueno, Theo —dijo su madre.

«Si supieras...», pensó.

Perry Mason, en blanco y negro, se hallaba en pleno juicio y a punto de perder el caso: el juez se había hartado de él, el jurado parecía no creer nada, y el fiscal rebosaba seguridad en sí mismo. De repente, Perry contempló a la multitud de espectadores y llamó a un testigo sorpresa. Éste subió al estrado y empezó a relatar una historia completamente distinta de la expuesta por el fiscal. El nuevo relato encajaba perfectamente. El testigo sorpresa superó el contrainterrogatorio de la acusación y el jurado falló a favor del cliente de Perry Mason.

Otra victoria ante los tribunales. Otro final feliz.

—Las cosas no funcionan así —dijo el señor Boone, que se las arreglaba para decir lo mismo, como mínimo tres veces, en cada episodio—. No existen los testigos sorpresa.

Theo vio que se le presentaba una oportunidad.

—Pero ¿qué pasaría si apareciera de repente un testigo, uno que fuera crucial para descubrir la verdad y que nadie supiera que existe?

—Si nadie sabe que existe, ¿cómo podría presentarse ante el tribunal?

—¿Y si surgiera de repente? —contestó Theo—. ¿Qué pasaría si un testigo se enterara del juicio por los periódicos o la televisión y se presentara voluntariamente a declarar? Nadie sabría que existe ni que ha presenciado el crimen. ¿Qué haría el juez en ese caso?

No era frecuente que Theo pudiera desconcertar a la vez a los dos abogados de la familia. Sus padres meditaron la pregunta. Dos cosas estaban claras en ese momento: una, que tanto su padre como su madre tendrían su propia opinión; y dos, que no habría forma de que se pusieran de acuerdo.

Su madre fue la primera en hablar.

—La acusación no puede presentar a un testigo cuya identidad no ha revelado al tribunal ni a la defensa. Las normas procesales proscriben los testigos sorpresa.

—Sí —intervino su padre, casi interrumpiendo a su mujer y listo para argumentar—, pero si el fiscal desconoce la identidad del testigo, no puede revelarla. Un juicio, lo que procura, es establecer la verdad. Negar a un testigo la oportunidad de declarar es como ocultar la verdad.

—Las normas son las normas.

—Pero el juez puede cambiarlas cuando lo estime necesario.

—La condena no podría ser recurrida.

—No estoy tan seguro de eso.

Se enzarzaron en una discusión, y Theo guardó silencio. Pensó en recordarles que ninguno de los dos era especialista en derecho penal, pero semejante comentario lo habría convertido en el objeto de sus iras. Esas discusiones eran frecuentes en el hogar de los Boone, y Theo había aprendido mucho sobre derecho en las cenas, en el porche de la casa e incluso en el asiento trasero del coche.

Por ejemplo, había aprendido que sus padres, en su condición de abogados, eran considerados funcionarios judiciales y, como tales, tenían el deber de colaborar a la hora de administrar justicia. Si otros letrados violaban las normas de la ética profesional, si un juez se desviaba del recto proceder, entonces se suponía que sus padres debían obrar en consecuencia. Según sus padres, muchos abogados hacían caso omiso de dicha responsabilidad, pero ellos no.

Theo tenía miedo de hablarles del primo de Julio. Su sentido del deber los obligaría seguramente a ir a ver al juez Gantry; pero si eso sucedía, la policía detendría al primo, lo llevaría a la fuerza ante el tribunal, lo obligaría a declarar y después lo arrestaría por inmigrante ilegal. Luego, lo encarcelarían y lo llevarían a algún centro de internamiento donde, según el señor Mount, pasaría meses antes de que lo repatriaran a El Salvador.

La credibilidad de Theo quedaría tocada para siempre, y una familia resultaría gravemente perjudicada.

Pero, si no, un culpable quedaría en libertad y Pete Duffy saldría del juzgado como un hombre libre tras haberse salvado de una condena por asesinato.

Theo se atragantó con el pollo frío.

Sabía que esa noche no pegaría el ojo.

11

Las pesadillas cesaron justo antes del amanecer, y Theo se olvidó de la idea de descansar, aunque fuera mínimamente. Se quedó un buen rato mirando el techo de su dormitorio, esperando oír los sonidos de sus padres al levantarse y moverse por la casa.

A lo largo de la noche, se había convencido muchas veces de que no tenía más opción que sentarse con ellos y contarles la historia del primo de Julio, pero había cambiado de parecer otras tantas. Cuando por fin salió de la cama, decidió que no podía romper la promesa hecha a Julio y a su primo. No podía decírselo a nadie. Y si un culpable salía libre, no era su problema. ¿O sí?

Hizo los ruidos de siempre mientras atendía el ritual de todas las mañanas: el baño, los dientes, los aparatos y la tortura diaria de decidir qué ponerse. Como era habitual, pensó en Elsa y en su molesta costumbre de examinarle la camisa, el pantalón y los zapatos para comprobar que iba a juego y que no se los había puesto los últimos tres días.

Oyó salir a su padre unos minutos antes de las siete. Oyó a su madre en el estudio, viendo un programa de televisión. Exactamente a las siete y media, Theo cerró la puerta del baño, conectó el celular y llamó al tío Ike.

Ike no era precisamente madrugador. Su patética actividad profesional como especialista en impuestos no le consumía demasiado tiempo, de modo que no empezaba el día con un arranque de entusiasmo. Su trabajo era mortalmente aburrido, cosa que había confesado a Theo en numerosas ocasiones. Además, había otro problema. Ike bebía demasiado y esa mala costumbre era la principal causante de su lento despertar. Con los años, Theo había oído hablar a los adultos del problema de Ike con la bebida. Un día, Elsa había preguntado a Vince algo relacionado con él, y éste había contestado: «Bueno, si está sobrio...». Se suponía que Theo no debía enterarse de esas cosas, pero lo cierto era que oía mucho más de lo que creían los del bufete.

La llamada obtuvo por fin respuesta en forma de un bronco y ronco:

—¿Eres tú, Theo?

—Sí, tío Ike —contestó Theo, hablando por el teléfono tan bajo como podía—. Buenos días. Lamento mucho despertarte tan pronto.

—No te preocupes. Supongo que tendrás algo en mente, ¿verdad?

—Sí. ¿Podríamos hablar un momento esta mañana, en tu oficina? Ha surgido algo realmente importante y no estoy seguro de poder decírselo a mis padres.

—Claro, Theo. ¿A qué hora?

—Alrededor de las ocho y cinco. La escuela empieza a las ocho y media. Si salgo demasiado pronto, mamá puede sospechar.

—Claro. Te espero.

—Gracias, Ike.

Theo devoró su desayuno a toda prisa, se despidió de su madre y de Judge y a las ocho en punto estaba pedaleando por Mallard Lane.

Ike se encontraba sentado tras su mesa de trabajo, con una gran taza de papel llena de humeante café y una rosquilla de canela recubierta, al menos, de un dedo de azúcar glass. Su aspecto era delicioso, pero Theo acababa de tomarse sus cereales. Además, no tenía apetito.

—¿Estás bien? —le preguntó su tío, mientras Theo se sentaba al borde de la silla.

—Supongo. Necesito hablar con alguien en quien pueda confiar, alguien que sepa de leyes.

—¿Qué pasa, has asesinado a alguien o robado un banco?

—Nada de eso.

—Pareces muy tenso —dijo Ike llenándose la boca con un gran mordisco a la rosquilla de canela.

—Se trata del caso Duffy. Es posible que tenga información sobre la culpabilidad o inocencia del señor Duffy.

Ike siguió masticando mientras se apoyaba sobre los codos. Las arrugas que tenía alrededor de los ojos se cerraron cuando lo miró fijamente y le dijo:

—Sigue.

—Ha aparecido un testigo. Es un tipo del que nadie sabe nada, pero que vio a Duffy en la escena del crimen.

—¿Y sabes quién es?

—Sí, pero he prometido no decírselo a nadie.

—¿Cómo has dado con ese tipo?

—A través de un chico del colegio. No puedo decirte más, Ike. Lo he prometido.

Ike tragó el bocado y tomó un largo sorbo de café. Sus ojos no se apartaron de Theo. La verdad era que no estaba sorprendido. Su sobrino sabía más que nadie en la ciudad de leyes, tribunales, jueces y policías.

—Y lo que ese desconocido testigo vio puede ser decisivo para el desenlace del juicio, ¿no?

—Así es.

—¿Sabes si ese testigo ha hablado con la policía o con los letrados que intervienen en el caso?

—No, no ha hablado con ellos.

—Y en estos momentos ese testigo no quiere declarar.

—Así es.

—¿Tiene miedo de algo?

—Sí.

—¿Su testimonio ayudaría a condenar al señor Duffy o, por el contrario, lo declararía inocente?

—Lo condenaría, sin duda.

—¿Has hablado con ese testigo?

—Sí.

—¿Y le crees?

—Sí. Dice la verdad.

Tomó otro largo trago de café y chasqueó los labios. Sus ojos taladraban los de Theo.

—Hoy es jueves, el tercer día del juicio. Por lo que sé, el juez Gantry está decidido a terminar esta semana, aunque eso signifique prolongar la audiencia hasta el sábado. Eso quiere decir que el juicio está medio acabado.

Theo asintió. Su tío se metió en la boca otro pedazo de rosquilla y lo masticó despacio. Pasó un minuto. Al fin, Ike tragó y dijo:

—Obviamente, la cuestión es qué hay que hacer con ese testigo a estas alturas del juicio, si es que hay que hacer algo.

—Exacto —convino Theo.

—Sí, y por lo que sé, Jack Hogan necesita alguna sorpresa.

La acusación empezó con un caso falto de pruebas y no ha mejorado.

—Creía que no seguías el juicio.

—Tengo amigos, Theo. Tengo mis fuentes.

Ike se puso de pie y caminó hasta el otro extremo de la habitación, donde había una vieja librería llena de textos legales. Resiguió con el dedo el lomo de varios, sacó uno y empezó a pasar las páginas. Regresó a su mesa, tomó asiento, dejó el libro ante sí y reflexionó un momento.

—Aquí está —dijo al fin, tras un largo silencio—. Según nuestras normas procesales, el juez de un caso penal tiene la facultad de declararlo nulo si cree que se ha producido alguna irregularidad. Lo explica con algunos casos concretos, por ejemplo: si alguien a quien le interese una sentencia determinada se pone en contacto con un miembro del jurado, si un testigo importante enferma o no puede declarar por la razón que sea o si desaparecen pruebas decisivas. Cosas así.

Theo ya lo sabía.

—¿Incluye la aparición de un testigo sorpresa?

—No específicamente, pero se trata de un principio general que permite al juez hacer lo que considere más justo. Incluso permitiría argumentar que la falta de testigos de peso es motivo de nulidad.

—¿Qué ocurre si se declara la nulidad de un juicio?

—Que los cargos no se anulan y se convoca otro juicio.

—¿Cuándo?

—Eso lo decide el juez, pero en este caso sospecho que Gantry no esperaría mucho. Un par de meses, a lo sumo. El tiempo suficiente para que los posibles testigos sorpresa se atrevieran a dar un paso al frente.

El cerebro de Theo giraba a tal velocidad que no supo qué decir a continuación.

—Bueno, Theo —dijo Ike por él—, la pregunta es cómo convences al juez Gantry para que declare juicio nulo antes de que el caso recaiga en el jurado, antes de que éste declare inocente al señor Duffy cuando en realidad no lo es.

—No lo sé. Aquí es donde intervienes tú, tío Ike. Necesito tu ayuda.

Ike apartó el libro y meditó mientras daba otro mordisco a la rosquilla.

—Mira, esto es lo que haremos —dijo sin dejar de masticar—. Tú te irás al colegio y yo me iré al juzgado, a ver qué consigo averiguar. Intentaré hablar con alguno de mis amigos. No te mencionaré, créeme. Siempre te protegeré. ¿Puedes llamarme a la hora de comer?

—Desde luego.

—Pues, vamos, márchate.

Cuando Theo se disponía a abrir la puerta, Ike le preguntó:

—¿No se lo has contado a tus padres?

—¿Crees que debería?

—Todavía no. Puede que más adelante.

—Son muy estrictos con la ética profesional, Ike, ya lo sabes. Son funcionarios de justicia y podrían obligarme a revelar lo que sé. Es una situación complicada.

—Demasiado complicada para un chico de trece años, Theo.

—Estoy de acuerdo.

—Llámame a la hora de comer.

—Lo haré, tío Ike. Gracias.

Durante el descanso, mientras Theo corría en busca de April, alguien lo llamó desde el fondo del pasillo. Era Sandy Coe, que corría tras él.

—Hola, Theo —le dijo—. ¿Tienes un momento?

—Sí, claro.

—Sólo quería decirte que mis padres fueron a ver a ese abogado que me dijiste, el tal Mozingo, y les aseguró que no vamos a perder nuestra casa.

—No sabes cuánto me alegro, Sandy.

—Les dijo que tendrían que instar un procedimiento de quiebra, todo eso que me explicaste, pero que al final podrían conservar la casa. —Sandy metió la mano en la mochila y sacó un sobre que entregó a Theo—. Es de mi madre. Le hablé de ti. Creo que es una nota para darte las gracias.

Theo la cogió a regañadientes.

—No tenía por qué hacerlo, Sandy. No fue nada.

—¿Nada? ¡Pero si vamos a conservar la casa!

En ese momento, Theo vio que Sandy tenía los ojos húmedos de lágrimas y estaba a punto de llorar. Amagó en broma un puñetazo y le dijo:

—Ha sido un placer, Sandy. Si puedo ayudarte en cualquier otra cosa, no tienes más que decírmelo.

—Gracias, Theo.

Durante la asignatura de gobierno, el señor Mount le pidió que pusiera a la clase al día respecto al caso Duffy. Theo explicó que la acusación estaba intentando demostrar que los Duffy eran un matrimonio con problemas y que habían estado a punto de divorciarse dos años atrás. Varios amigos de la pareja habían sido llamados a declarar, pero, en opinión de Theo, habían salido mal parados del contrainterrogatorio de Clifford Nance.

Por un momento, pensó en conectar su computadora y leer las transcripciones en vivo del juicio, pero lo pensó mejor y desistió. No estaba cometiendo ningún delito infiltrándose en el sistema de la relatora, pero no le parecía correcto.

Tan pronto como terminó la clase y los chicos corrieron hacia la cafetería, Theo se metió en los baños y llamó a su tío. Eran casi las doce y media en punto.

—Va a salir libre —le dijo Ike nada más contestar—. No hay forma de que Hogan consiga una condena.

—¿Cuánto rato has estado? —le preguntó Theo desde su escondite.

—Toda la mañana. Clifford Nance es muy bueno y Hogan ha perdido el rumbo. He estado observando a los miembros del jurado. Duffy no les cae bien, pero no hay pruebas en su contra. Saldrá libre.

—Pero es culpable, Ike.

—Si tú lo dices… De todas maneras, no sé lo que tú sabes. Nadie lo sabe.

—¿Qué hacemos?

—No sé. Sigo dándole vueltas. Ven a casa cuando acabes las clases.

—Eso haré.

12

La chica más popular de octavo era una morena de rizos llamada Hallie. Muy mona y extrovertida, le gustaba coquetear. Capitaneaba el equipo de animadoras, pero también sabía jugar. Ninguno de los chicos le ganaba en tenis y, en una ocasión, incluso había derrotado a Brian en los cien metros libres y en los cincuenta metros de pecho. Dado que sus preferencias se centraban básicamente en las actividades deportivas, su interés por Theo era del nivel de un Bien o incluso de un Suficiente.

Sin embargo, gracias a que el perro de Hallie tenía carácter, Theo estaba a punto de ascender de categoría.

Se trataba de un schnauzer que solía ponerse nervioso cuando lo dejaban solo en casa durante el día. De alguna manera había conseguido salir por la trampilla y excavado un agujero bajo la valla. Los de la perrera lo habían atrapado a un kilómetro de la casa. Theo se enteró de la historia mientras acababa de comer, cuando Hallie y dos amigas fueron a sentarse a su mesa y ella se la contó. Estaba desamparada y hecha un mar de lágrimas, y Theo no pudo evitar fijarse en lo guapa que era incluso cuando lloraba. Fue un momento muy especial para él.

—¿Es la primera vez que pasa? —preguntó.

Ella se enjugó las lágrimas de las mejillas.

—No. A Rocky ya lo atraparon hace unos meses.

—¿Lo van a sacrificar con gas? —preguntó Edward, quien formaba parte del grupo que se había reunido alrededor de Theo, de Hallie y de sus amigas.

Normalmente, Hallie congregaba a montones de chicos. La idea de que pudieran sacrificar a su perro la hizo llorar con más fuerza.

—Cállate —le espetó Theo a Edward, que en cualquier caso era un estúpido—. No, no lo van a sacrificar.

—Mi padre ha salido de la ciudad, y mi madre estará ocupada atendiendo a sus pacientes hasta última hora del día por lo menos. No sé qué hacer.

Theo apartó el plato y sacó su computadora.

—Tranquila, Hallie. No es la primera vez que hago esto —le dijo mientras tecleaba. El grupo se acercó un poco más—. Supongo que tu perro estará registrado, ¿no?

En Strattenburg regía una ordenanza que obligaba a registrar todos los perros. Los callejeros eran recogidos y encerrados en la perrera durante treinta días. Si pasado ese plazo nadie los reclamaba o adoptaba, los funcionarios acababan «durmiendo» a los desdichados animales. O sacrificándolos con gas, como tan crudamente había dicho Edward; aunque la verdad era que no utilizaban gas.

La familia de Hallie era más acomodada que la mayoría. Su padre era empresario; y su madre, una médica muy ocupada. Sin duda su perro estaría registrado.

—Sí —contestó Hallie—. A nombre de mi padre.

—¿Y cómo se llama tu padre? —preguntó Theo, esperando para teclear.

—Walter Kershaw.

Theo escribió el nombre. Todo el mundo contuvo el aliento. Los lloriqueos habían cesado.

—Muy bien —explicó Theo, estudiando la pantalla—. Estoy consultando el registro de entrada del Servicio de Animales. —Tecleó un poco más—. Aquí está. Rocky ha sido llevado a la perrera a las nueve y media de esta mañana. Está acusado de infringir la ordenanza de correa obligatoria. Es su segunda infracción este año. La multa serán veinte dólares más ocho por el alojamiento. Si lo hace otra vez, lo encerrarán diez días y la multa será de cien dólares.

—¿Cuándo puedo ir a buscarlo? —quiso saber Hallie.

—El Tribunal de Animales labora cuatro días a la semana hasta las seis. Los lunes está cerrado. ¿Puedes presentarte en el tribunal esta tarde?

—Supongo, pero ¿no hará falta que vengan mis padres?

—No. Iré yo. No es la primera vez que hago esto.

Edward intervino:

—¿No necesita que la acompañe un abogado de verdad?

—No ante el Tribunal de Animales. Hasta un tarado como tú podría ir.

—¿Y qué pasa con el dinero? —preguntó Hallie.

—No puedo cobrarte. Todavía no estoy colegiado.

—No me refiero a ti, Theo. Estoy hablando del dinero de la multa.

—Ah. Bueno, el plan es el siguiente: voy a rellenar por Internet una solicitud de recogida. Eso significa básicamente que Rocky se está declarando culpable de haber infringido la norma de la correa obligatoria, que es un delito menor, y que tú, como una de las propietarias, pagarás la multa y lo recogerás en la perrera. Cuando salgas del colegio, te vas a ver a tu madre y le pides el dinero. Tú y yo nos encontraremos en el Tribunal de Animales a las cuatro en punto.

—Gracias, Theo. ¿Rocky estará allí?

—No. Rocky no saldrá de la perrera. Tú y tu madre podrán recogerlo allí más tarde.

—¿Por qué no puedo recogerlo en el tribunal?

Theo se sorprendía con frecuencia por las tonterías que llegaban a preguntarle sus amigos. El Tribunal de Animales era el de menor rango de todos. Lo apodaban «El juzgaperros» y lo consideraban como un vulgar subproducto del sistema judicial. El juez que lo dirigía era un abogado que había sido despedido de todos los bufetes de la ciudad. Llevaba pantalones de mezclilla y botas militares y se sentía humillado por ocupar tan insignificante cargo. Las normas autorizaban que cualquier propietario de un animal compareciera personalmente para defender su caso sin necesidad de asistencia letrada. La mayoría de los abogados procuraban no aparecer por «El juzgaperros» porque eso atentaba contra su dignidad. Su sala de audiencias se encontraba en el sótano del edificio de los juzgados, lo más lejos posible de las importantes.

¿De verdad pensaba Hallie que el juez tenía a mano un montón de perros y gatos encadenados a la espera de enjuiciarlos y devolverlos a sus dueños? Los acusados de delitos mayores eran trasladados desde la cárcel y esperaban para comparecer ante el juez en su celda correspondiente; los perros y los gatos, no.

De los labios de Theo estuvo a punto de salir una respuesta sarcástica, pero se contuvo y sonrió a Hallie, que, la verdad fuera dicha, le parecía cada vez más mona.

—Lo siento, Hallie. No funciona así. De todas maneras, esta noche tendrás a Rocky sano y salvo en casa.

—Gracias, Theo. Eres el mejor.

Cualquier otro día aquellas palabras habrían resonado en la mente de Theo durante horas; pero aquél no era un día normal. Estaba demasiado preocupado por la marcha del caso

Duffy. Su tío Ike se hallaba presenciando la audiencia, y Theo cruzó con él mensajes de texto durante toda la tarde.

Theo: «¿Estás allí? Por favor, informa».

Ike: «Sí. En galería. A tope. El fiscal lo ha hecho bien sacando a relucir divorcio con colegas de golf».

Theo: «¿Pruebas suficientes?».

Ike: «Ni hablar. Va a salir libre, a menos que...».

Theo: «¿Tienes un plan?».

Ike: «Sigo pensando. ¿Vienes?».

Theo: «Quizá. ¿Qué está pasando?».

Ike: «Testigos defensa, socio Duffy. Muy aburrido».

Theo: «Me salgo de química. Hasta luego».

Ike: «Quiero un Excelente en química. ¿Va?».

Theo: «Tranquilo».

A pesar de que el Tribunal de Animales no gozaba del respeto de los letrados de Strattenburg, no solía ser aburrido. El asunto de aquel día tenía como protagonista una boa constrictora llamada Herman con una indudable predilección por escaparse. Sus aventuras no habrían sido un problema si su dueño hubiera vivido en el campo o en un entorno rural. Sin embargo, el hombre, un punk de unos treinta años con tatuajes que le subían por el cuello, vivía en un abarrotado bloque de departamentos de uno de los barrios menos elegantes de la ciudad. Uno de sus vecinos se había llevado un susto de muerte cuando fue a desayunar y encontró a Herman enroscada en el suelo de la cocina.

El vecino estaba furioso; el propietario de Herman, indignado. La situación era tensa. Theo y Hallie esperaban sentados en un par de sillas plegables. Eran los únicos espectadores que había en la diminuta sala. A su lado, la biblioteca de Boone & Boone era más grande y elegante.

Herman estaba a la vista, en una gran jaula de alambre situada en un extremo del estrado, y el juez Yeck no le quitaba los ojos de encima. Sólo había un asistente, una anciana que llevaba años en el puesto y que era conocida como la vieja más excéntrica de los juzgados. No quería saber nada de Herman, y la miraba con cara de pocos amigos desde el rincón del fondo.

El vecino protestaba:

—¿A usted qué le parecería, señor juez, tener que vivir en el mismo edificio que esa bestia, sabiendo que cualquier día puede subirse a tu cama mientras duermes?

—Es inofensiva —objetó el dueño—. No muerde.

—¿Inofensiva? ¿Y los soponcios también son inofensivos? No es justo, señor juez. Tiene usted que protegerme.

—No parece inofensiva, la verdad —dijo el juez Yeck, y todos se volvieron a mirar a Herman, que estaba dentro de la jaula, enroscada en un tronco falso, inmóvil y en absoluto impresionada por la gravedad de la situación—. ¿No es muy grande para ser una boa de cola roja? —preguntó el juez, como si fuera un experto en boas constrictoras.

—Mide dos metros quince —explicó el propietario—. Sí, es bastante larga.

—¿Tiene usted más serpientes en su apartamento? —preguntó el juez.

—Varias.

—¿Cuántas?

—Cuatro.

—¡Santo Dios! —exclamó el vecino, palideciendo.

—¿Todas boas?

—Tres boas y una serpiente real.

—¿Puedo preguntar por qué?

El propietario cambió de postura.

—A unos les gustan los loros, a otros los roedores o los perros o los gatos o los caballos. A mí me gustan las serpientes. Son unas mascotas muy simpáticas.

—¿Simpáticas? —bufó el vecino.

—¿Es la primera vez que se ha escapado? —quiso saber el juez.

—Sí —contestó el dueño.

—No —replicó el vecino.

—¡A ver si se ponen de acuerdo! —atajó el juez.

Por fascinante que la escena pudiera resultar, a Theo le costaba concentrarse en Herman y sus problemas. Dos cosas distraían su atención. La más evidente era el hecho de que Hallie estuviera sentada y casi pegada a él, haciendo de aquel momento algo muy especial. Sin embargo, incluso eso pasaba a un segundo plano ante la cuestión de qué hacer con el primo de Julio.

El juicio por asesinato seguía su curso. Los letrados y los testigos no tardarían en acabar su cometido, y el juez Gantry dejaría el caso en manos del jurado. El reloj no se detenía.

—Tiene que protegerme, señor juez —repitió el vecino.

—¿Y qué quiere que haga? —replicó Yeck, cuya paciencia empezaba a agotarse.

—¿No puede ordenar que la eliminen?

—¿Quiere que dicte una pena de muerte para Herman?

—¿Por qué no? En el edificio hay niños.

—Me parece excesivo —dijo el juez, demostrando que no estaba dispuesto a ordenar la muerte de Herman.

—¡Vamos a ver, pero si no ha hecho daño a nadie! —protestó el dueño.

—¿Puede usted garantizar que la serpiente no saldrá de su departamento? —le preguntó el juez.

—Sí. Tiene usted mi palabra.

—Está bien. Lo que vamos a hacer es lo siguiente: llévese a Herman a casa. No quiero volver a verla. No tenemos sitio para ella en la perrera, y nadie de la perrera la quiere por allí, ¿entendido?

—Si usted lo dice...

—Si Herman se vuelve a escapar, o si alguna de sus otras serpientes salen de su departamento, no tendré más remedio que ordenar que las eliminen. A todas. ¿Queda claro?

—Sí, señoría. Se lo prometo.

—Mire, señoría, he comprado un hacha —declaró el vecino, muy acalorado—. Un hacha bien larga que me ha costado doce dólares en el Home Depot. —Señaló a Herman—. Si vuelvo a encontrarme eso en mi casa, le garantizo que no tendrá que ocuparse del caso, señoría.

—Cálmese.

—Le juro que la mataré. Tendría que haberlo hecho antes, pero no pensaba con claridad y tampoco tenía un hacha.

—¡Ya basta! —zanjó el juez Yeck—. Caso cerrado.

El dueño corrió hacia la jaula y la levantó con delicadeza del estrado. Herman no se dejó impresionar. Seguía demostrando su sangre fría ante el debate de su posible muerte. El vecino salió de la sala caminando furiosamente. El propietario y su serpiente lo siguieron poco después.

Cuando las puertas se hubieron cerrado, la asistente regresó a su asiento, junto al estrado. El juez ojeó unos papeles y miró a Theo y a Hallie. No había nadie más en la sala.

—Vaya, usted por aquí, señor Boone —dijo.

—Buenas tardes, señoría —contestó Theo.

—¿Qué asunto le trae ante este tribunal, señor Boone?

—He venido a recoger un perro.

El juez cogió una hoja y la leyó.

—¿A Rocky? —preguntó.

—Sí, señoría.

—Muy bien, acérquense.

Theo y Hallie cruzaron la portezuela batiente y se acercaron al estrado. Theo le indicó a Hallie dónde podía sentarse y permaneció de pie, como los abogados de verdad.

—Proceda —le dijo el juez Yeck, que la estaba pasando en grande viendo cómo el joven Theo Boone hacía lo posible por impresionar a su joven y guapa clienta. Sonrió al recordar la primera aparición de Theo en su tribunal, la de un asustado chico que intentaba desesperadamente rescatar a un pobre perro al que puso el nombre de Judge antes de llevárselo a casa.

—Sí, señoría —contestó Theo con la debida formalidad—. Rocky es un schnauzer enano que está registrado a nombre del señor Walter Kershaw, que en estos momentos se halla fuera de la ciudad por negocios. Su esposa, la doctora Phillys Kershaw, es pediatra y no puede estar aquí en estos momentos. Mi cliente es su hija, Hallie, que va a octavo curso, conmigo. —Theo señaló a Hallie, que estaba muy asustada, pero al mismo tiempo convencida de que Theo sabía lo que hacía.

El juez Yeck sonrió a Hallie antes de volverse hacia Theo.

—Veo que es la segunda vez.

—Sí, señoría —reconoció éste—. La primera fue hace cuatro meses, y entonces el señor Kershaw se ocupó personalmente del asunto en la perrera.

—¿Rocky se halla bajo custodia?

—Sí, señoría.

—No negará usted el hecho de que iba sin correa, ¿verdad?

—No, señoría, pero solicito a este tribunal que anule la multa y el cargo por alojamiento.

—¿Sobre qué base?

—Señoría, los dueños de Rocky tomaron todas las medidas razonables para evitar que el perro se escapara. Como siempre, dejaron a Rocky en lugar seguro. La casa estaba cerrada con llave; la alarma, conectada, y las puertas que daban al patio vallado, cerradas. Hicieron todo lo posible por impedir que escapara, pero Rocky tiene mucho genio y suele ponerse nervioso siempre que se encuentra solo. Le gusta correr cuando sale. Sus dueños lo saben y no han sido descuidados.

El juez se quitó las gafas de lectura, mordisqueó una patilla y meditó.

—Dígame, Hallie, ¿es verdad lo que ha dicho su abogado?

—Oh, sí, señoría. Nos preocupa mucho que Rocky pueda escaparse.

—Es un perro muy listo, señoría —aseguró Theo—. De algún modo consiguió salir por el lavadero y escapar haciendo un agujero bajo la valla.

—Supongamos que lo repite.

—Los propietarios están decididos a reforzar las medidas de seguridad.

—Está bien. Suspenderé la multa y los costos. Pero si Rocky se vuelve a escapar, se las pondré dobles. ¿Entendido?

—Sí, señoría.

—Caso cerrado.

Mientras caminaban por el pasillo, hacia la salida principal, Hallie enroscó su brazo alrededor del de Theo. Instintivamente, éste aminoró el paso para disfrutar del momento.

—Eres un gran abogado, Theo —dijo ella.

—En realidad, no. Todavía no.

—¿Por qué no me llamas algún día? —le sugirió.

«¿Por qué?» Era una buena pregunta. Seguramente porque daba por hecho que ella estaba demasiado ocupada hablando con todos los otros chicos. Hallie salía con uno distinto todos los meses. Nunca se le había ocurrido llamarla.

—Lo haré —contestó, sabiendo que era mentira.

No buscaba novia. Además, April se llevaría un gran disgusto si empezaba a correr tras un ligue como Hallie.

Chicas, juicios por asesinato, testigos sorpresa…

De repente, la vida se había vuelto muy complicada.

13

Tras una larga despedida, Theo volvió a poner los pies en la tierra y subió casi corriendo la escalera hasta el primer piso y la galería, donde encontró a Ike en primera fila. Se sentó junto a él. Eran casi las cinco de la tarde.

El testigo era el agente de seguros que, justo dos años antes, había vendido la póliza de un millón de dólares a los Duffy. Clifford Nance estaba repasando sus negociaciones con el matrimonio. Tuvo cuidado en insistir en que se habían contratado dos pólizas por separado, una que aseguraba la vida de Myra Duffy, y la otra que cubría la de Pete Duffy; las dos por un importe de un millón cada una. Ambas pólizas sustituían las vigentes hasta ese momento y tenían una cobertura de quinientos mil dólares en caso de muerte. No había nada raro en la transacción. El agente declaró que era una manera bastante habitual el que un matrimonio ampliara prudentemente sus coberturas para protegerse en caso de muerte de alguno de los cónyuges. Tanto el marido como la mujer sabían perfectamente lo que hacían y no dudaron en mejorar sus pólizas.

Cuando Clifford Nance finalizó el interrogatorio, el millón que iba a cobrar el señor Duffy parecía mucho menos sospechoso. Jack Hogan intentó devolver los golpes durante el contrainterrogatorio, pero no acertó a conectar ninguno. Acto seguido, el juez Gantry dio por concluida la sesión.

Theo vio salir al jurado mientras todos esperaban y, después, observó cómo el equipo de la defensa se arremolinaba alrededor de Pete Duffy entre confiadas sonrisas y apretones de mano tras otro productivo día en el juzgado. Parecían todos muy seguros de sí mismos. Omar Cheepe no estaba presente.

—No quiero hablar aquí —dijo Ike en voz baja—. ¿Puedes pasarte por mi despacho?

—Claro.

—¿Ahora?

—Te sigo.

Diez minutos más tarde, estaban en la oficina de Ike con la puerta cerrada. Éste abrió una pequeña nevera que tenía tras el escritorio.

—Tengo Budweiser o Sprite.

—Una Budweiser, por favor —pidió Theo.

Ike le entregó un Sprite y abrió una lata de Bud para él.

—Tus alternativas son escasas —le dijo antes de tomar un trago.

—Lo imaginaba.

—La primera es que no hagas nada. Mañana es viernes, y parece que la defensa acabará a media tarde. Se rumora que Pete Duffy testificará al último. Cabe la posibilidad de que el jurado tenga su veredicto listo a última hora de la tarde. Si no haces nada, el jurado se retirará a su sala para deliberar. Puede que encuentren a Duffy culpable, no culpable o que no lleguen a ponerse de acuerdo en el veredicto.

Theo sabía cómo funcionaba. En los últimos cinco años de su vida había presenciado más juicios que Ike. Su tío prosiguió:

—La segunda es que hables con ese misterioso testigo e intentes convencerlo para que se presente a declarar inmediatamente. No estoy seguro de cómo reaccionará el juez Gantry si se encuentra con semejante testimonio. Dudo que se haya visto alguna vez ante una situación parecida. Sin embargo, es un buen juez y hará lo que sea más justo.

—Ese testigo no se presentará a declarar. Está demasiado asustado.

—De acuerdo, esto nos lleva a tu tercera opción: que acudas al juez pero sin revelarle el nombre de tu testigo.

—Es que ni siquiera sé cómo se llama.

—Pero sabes quién es, ¿no?

—Sí.

—¿Y sabes dónde vive?

—Sé en qué barrio, pero no tengo su dirección.

—¿Y sabes dónde trabaja?

—Puede.

Ike lo miró fijamente mientras tomaba otro trago de la lata y se limpiaba los labios con el dorso de la mano.

—Como te estaba diciendo: sin revelar la identidad del testigo, le explicas al juez que en el juicio falta la declaración de un testigo crucial cuya ausencia puede dar pie a un veredicto equivocado. Como es natural, el juez querrá saber todo tipo de detalles: quién es, dónde trabaja, cómo y cuándo se convirtió en testigo y qué fue exactamente lo que vio. Me da la impresión de que el juez Gantry tendrá un montón de preguntas y que se enfadará si no las contestas.

—La verdad es que no me gustan ninguna de las tres opciones —reconoció Theo.

—Ni a mí.

—Entonces, ¿qué hago, Ike?

—Deja el caso, Theo. No metas la nariz en este lío. No es lugar para un niño. El jurado va a tomar una decisión equivocada, pero si nos basamos en las pruebas que hay, no se lo podremos reprochar. El sistema no siempre funciona. Sólo tienes que ver a toda la gente inocente que ha acabado en el corredor de la muerte y a todos los culpables que han salido en libertad. Siempre hay errores, Theo. Deja el caso.

—Sí, pero este error todavía no se ha producido. Estamos a tiempo de evitarlo.

—No estoy tan seguro. Me parece poco probable que el juez Gantry interrumpa un juicio como éste cuando está a punto de finalizar sólo porque se entere de que hay un testigo potencial. Es mucho pedir, Theo.

Realmente parecía poco probable, y Theo no tuvo más remedio que estar de acuerdo.

—Supongo que tienes razón.

—Claro que tengo razón, Theo. Sólo eres un chico. Saca la nariz de ahí.

—De acuerdo, Ike.

Se produjo un largo silencio mientras los dos se miraban a los ojos, esperando que fuera el otro quien hablara primero.

Fue Ike quien por fin dijo:

—Prométeme que no harás ninguna tontería.

—¿Como qué?

—Como ir a ver al juez. Sé que son amigos.

Otra pausa.

—Prométemelo, Theo.

—Te prometo que no haré nada sin decírtelo antes.

—Conforme.

Theo se levantó.

—Debo irme. Tengo mucha tarea.

—¿Cómo va ese español?

—Muy bien.

—Tengo entendido que la profesora es algo serio. ¿Cómo se llama, madame...?

—Madame Monique. Es muy buena. ¿Cómo sabías…?

—Me mantengo informado, Theo. No soy esa especie de eremita medio chiflado que algunos creen. ¿No enseñan todavía chino en el colegio?

—Quizás en el instituto.

—Deberías empezar a estudiar chino por tu cuenta. Es el idioma del futuro, Theo.

Una vez más le molestó que su tío se permitiera darle consejos cuando nadie se los había pedido y no eran necesarios.

—Lo pensaré, Ike; pero, por el momento, ya tengo bastante trabajo.

—Puede que mañana vaya a ver el juicio —dijo Ike—. La verdad es que hoy he disfrutado mucho. Envíame un mensaje de texto.

—Claro.

Boone & Boone estaba silencioso cuando Theo apareció pasadas las seis de la tarde. Elsa, Vince y Dorothy hacía rato que se habían marchado; y la señora Boone estaría en casa, seguramente pasando las páginas de otra novela barata. Su club de lectura se reunía a las siete en casa de la señora Esther Guthridge para tomar una copa de vino, cenar algo y hablar de cualquier cosa menos del libro seleccionado ese mes. El club lo componían diez mujeres en total, y cada una seleccionaba un libro todos los meses. Theo no recordaba que a su madre le hubiera gustado alguno, ni siquiera los que ella había escogido. Todos los meses la oía quejarse del que tenía que leer. A Theo le parecía que era una manera muy rara de llevar un club de lectura.

Woods Boone estaba llenando su portafolios cuando Theo entró en el despacho del piso de arriba. Éste se preguntaba a menudo por qué su padre metía informes y carpetas en el portafolios y cargaba con ellos hasta su casa como si fuera a trabajar por la noche si, al final, no lo hacía. Woods Boone nunca trabajaba en casa, ni siquiera abría el portafolios, sino que lo dejaba bajo la mesita del recibidor. Y allí se quedaba toda lo noche, hasta que su dueño volvía a salir temprano para desayunar con sus colegas y regresaba a su despacho, donde lo vaciaba y esparcía los papeles por su desorganizada mesa. Theo sospechaba que los papeles eran siempre los mismos, las mismas carpetas e informes. También se había fijado en que los abogados rara vez iban a alguna parte sin su portafolios, puede que solamente a almorzar. Su madre también cargaba con el suyo hasta casa, pero a veces lo abría y leía algo de lo que contenía.

—¿Un buen día en el colegio? —le preguntó su padre.

—Estupendo.

—Me alegro. Escucha, Theo, esta noche tu madre va a su club de lectura. Yo tengo que ir a ver un rato al juez Plankmore. El viejo está muy enfermo y debo resolver algunos asuntos con él. No creo que tardemos en tener un funeral.

—No hay problema, papá.

El juez Plankmore tenía al menos noventa años y se estaba muriendo de varias dolencias. Era una leyenda en el mundillo de los abogados de la ciudad y todos lo adoraban.

—Ha sobrado espagueti. Te lo puedes calentar en el microondas.

—Tranquilo, papá, ya me las arreglaré. Seguramente me quedaré a estudiar un rato aquí y después me iré a casa. Yo me ocuparé de Judge.

—¿Seguro?

—Claro, no hay problema.

Theo fue a su despacho, vació su mochila y estaba intentando concentrarse en su tarea de química cuando alguien llamó discretamente a la puerta. Era Julio.

—¿Podemos hablar afuera? —preguntó, muy nervioso.

—Entra —le dijo Theo—. Aquí se ha marchado todo el mundo. Nadie nos molestará.

—¿Estás seguro?

—Sí. ¿Qué pasa?

Julio tomó asiento, y Theo cerró la puerta.

—He hablado con mi primo hace una hora. Está muy nervioso. Hoy ha aparecido la policía por el campo de golf. Cree que has dicho algo.

—Vamos, Julio, no he hablado de él con nadie. Lo juro.

—Entonces ¿qué hacía allí la policía?

—Ni idea. ¿Querían hablar con tu primo?

—No lo creo. En cualquier caso, él desapareció cuando vio el coche.

—¿Eran policías de uniforme?

—Me parece que sí.

—Mira, Julio, te doy mi palabra de que no se lo he dicho a nadie. Además, si la policía quisiera hablar con tu primo sobre el asesinato, no iría de uniforme ni en un coche con la palabra POLICÍA pintada en las puertas. Ni hablar. Serían detectives que irían de civil en coches sin identificar.

—¿Estás seguro?

—Sí, estoy seguro.

—Está bien.

—Supongo que tu primo se pone bastante nervioso cuando ve a la policía, ¿no?

—Como la mayoría de los ilegales.

—A eso me refiero. No he hablado de él con nadie. Dile que se relaje.

—¿Que se relaje? No es fácil relajarse cuando pueden detenerte en cualquier momento.

—Es verdad.

Julio seguía nervioso, y sus ojos iban de un lado a otro de la habitación como si alguien pudiera estar escuchando. Se produjo un largo e incómodo silencio mientras cada uno esperaba que el otro fuera el primero en hablar.

—Hay algo más —dijo por fin Julio.

—¿Qué?

Las manos le temblaban cuando se desabrochó la camisa y sacó una bolsa hermética de plástico y la depositó en la mesa de Theo como si fuera un regalo que no deseara volver a tocar. Dentro había dos objetos de color blanco y arrugados.

Guantes de golf.

—Mi primo me ha dado esto —explicó—. Son los dos guantes de golf que llevaba el hombre al que vio entrar en la casa donde asesinaron a esa mujer. Uno de la mano derecha y otro de la izquierda. El de la derecha es nuevo, pero el de la izquierda está usado.

Theo se quedó mirando la bolsa con los ojos como platos. Durante unos segundos fue incapaz de moverse y de articular palabra.

—¿Dónde los encontró?

—Cuando el hombre salió de la casa, se quitó los guantes y los guardó en la bolsa de palos. Más tarde, al llegar al *tee* del catorce, los tiró a la papelera que hay junto al dispensador de agua. Uno de los trabajos de mi primo es vaciar las papeleras dos veces al día. Vio que el hombre los tiraba y le pareció extraño que no quisiera un par de guantes que parecían estar bien.

—¿El otro lo vio?

—No creo. Si hubiera visto a mi primo no creo que hubiese dejado los guantes en la papelera.

—¿Y se trata del mismo hombre que está siendo juzgado por asesinato?

—Sí, eso creo. Mi primo está bastante seguro. Lo vio en la tele.

—¿Y por qué cogió los guantes?

—Los chicos del campo suelen buscar en las papeleras, por si encuentran algo de valor. Mi primo cogió los guantes y, al cabo de un par de días, empezó a sospechar. Los rumores corren deprisa en un campo de golf y enseguida se empezó a hablar de la mujer asesinada. Así pues, mi primo escondió los guantes y ahora tiene miedo de que la policía lo esté vigilando. Si lo encuentran con los guantes, quién sabe si... Tiene miedo de estar metido en un lío.

—La policía no lo vigila.

—Está bien, se lo diré.

Se hizo el silencio. Theo señaló los guantes con un gesto de la cabeza, sin querer tocarlos.

—¿Y qué hacemos con eso?

—Yo no pienso quedármelos.

—Ya me lo temía.

—Tú sabes lo que hay que hacer, ¿no, Theo?

—No tengo ni idea. La verdad es que en estos momentos lo que me pregunto es cómo es posible que me haya metido en semejante lío.

—¿No podrías dejarlos simplemente en la comisaría?

Theo se mordió la lengua para no contestar algo que habría sido sarcástico, cruel o ambas cosas a la vez. No podía esperar que Julio comprendiera cómo funcionaba el sistema. «Sí, Julio, entraré en la comisaría, le daré al recepcionista una bolsa con dos guantes de golf y le diré que eran los que llevaba ese señor tan simpático al que están juzgando por asesinar a su mujer y que, en realidad, la mató, y que yo, Theo Boone, sé la verdad porque, por alguna razón, he hablado con un testigo clave que nadie conoce y, por favor, señor recepcionista, entregue esta bolsa en Homicidios pero no diga quién se la ha dado.»

Pobre Julio.

—No, eso no puede ser, Julio. La policía haría demasiadas preguntas, y tu primo podría tener problemas. Lo mejor es que te lleves estos guantes y hagas como si nunca los hubieras visto.

—Ni hablar, Theo. Ahora son tuyos. —Y dicho esto, Julio se levantó, abrió la puerta y salió diciendo por encima del hombro—: Y recuerda que prometiste no decir nada a nadie.

Theo lo siguió.

—Sí, claro.

—Me diste tu palabra.

—Claro.

Julio desapareció en la oscuridad.

14

Judge devoró su plato de espagueti, pero Theo apenas tocó el suyo. Dejó los platos en el lavavajillas, cerró la casa y subió a su cuarto para ponerse la pijama, cogió la computadora y se instaló en la cama. Abrió una conexión con April y estuvieron charlando unos minutos. Ella también estaba en la cama, pero, como siempre, con la puerta cerrada con llave. Se sentía mucho mejor. Ella y su madre habían salido a tomar una pizza e incluso habían conseguido reírse juntas. Su padre se encontraba fuera de la ciudad, o al menos eso creían, lo cual hacía la vida más fácil. Se dieron las buenas noches, y Theo cerró la computadora y cogió el último número de *Sports Illustrated*; pero no fue capaz de leer ni de concentrarse. Tenía sueño, porque la noche anterior había descansado poco y mal, y a pesar de que estaba preocupado e incluso asustado, no tardó en dormirse.

Su padre fue el primero en llegar a casa. Subió lentamente la escalera y entreabrió la puerta del dormitorio de Theo. Las bisagras rechinaron como de costumbre. Encendió la luz y sonrió al ver la serena imagen de su hijo profundamente dormido.

—Buenas noches —le susurró, antes de apagar la luz rápidamente.

El ruido de la puerta despertó a Theo, que se quedó tumbado, mirando al techo y pensando en los letales guantes de golf que seguían escondidos en su despacho. Había algo terriblemente equivocado en el consejo de su tío Ike de que se olvidara del asunto, que hiciera caso omiso de la existencia de un testigo clave y se mantuviera al margen mientras el sistema judicial caminaba hacia el desastre.

Sin embargo, una promesa era una promesa, y había dado su palabra a Julio y a su primo de que guardaría el secreto. Pero ¿y si no lo hacía? ¿Y si lo primero que hiciera por la mañana fuera presentarse en el despacho del juez Gantry para entregarle los guantes y contarle toda la historia? En ese caso, el primo estaría perdido. Jack Hogan y la policía irían tras él y lo encerrarían para tenerlo vigilado. Su testimonio sacaría de problemas a la acusación, se declararía juicio nulo y se señalaría una fecha para el nuevo. Las noticias ocuparían la primera plana de los periódicos y la televisión. El primo se convertiría en el héroe de la película, pero también acabaría tras las rejas por inmigrante ilegal.

Sin embargo, ¿acaso no podría el primo hacer un trato con la policía y el fiscal? ¿No sabrían mostrarse generosos porque lo necesitaban? Quizá sí o quizá no. En cualquier caso resultaba demasiado arriesgado.

A continuación, empezó a pensar en la difunta señora Duffy. En la carpeta tenía un recorte de periódico con una foto de ella. Era una mujer guapa, rubia y con una dentadura perfecta. Se imaginó cómo habrían sido sus últimos segundos de vida, cuando descubrió con horror que su marido —con un guante en cada mano— no había entrado en casa por algún inocente motivo, sino para estrangularla.

El corazón empezó a latirle con fuerza. Apartó la cobija y se sentó al borde de la cama. La señora Duffy era sólo dos años más joven que su madre. ¿Qué habría sentido él si su madre hubiera sufrido una agresión tan brutal?

Si el jurado declaraba no culpable al señor Duffy, éste se iría sin pena a pesar de ser un asesino; además, no podría ser juzgado una segunda vez por ese delito. Theo conocía bien el principio que impedía que un hombre fuera juzgado una segunda vez por el mismo crimen. Y puesto que no había más sospechosos, el caso quedaría sin resolver.

El señor Duffy se embolsaría su millón de dólares, seguiría jugando golf y seguramente se buscaría otra esposa guapa y joven.

Theo volvió a meterse bajo la manta e intentó cerrar los ojos. Se le había ocurrido una idea. Después del juicio, cuando el señor Duffy hubiera sido declarado inocente, esperaría unos meses y le mandaría los guantes; se los enviaría en un sobre confidencial con una nota que dijera: «Sabemos que la mató. Lo estamos vigilando».

¿Y por qué iba a hacer semejante cosa? No lo sabía. Sólo era otra estúpida ocurrencia.

Sus pensamientos se hicieron más dispersos. En la escena del crimen no habían encontrado sangre, de modo que tampoco habría rastros de sangre en los guantes; pero ¿y el pelo? ¿Y si resultaba que un cabello de la señora Duffy se había quedado enredado en uno de ellos? La víctima lo llevaba largo, por encima de los hombros. Theo no se había atrevido a abrir la bolsa de plástico, no había tocado los guantes, de modo que no sabía qué podía haber en ellos. Una hebra de cabello sería una prueba más de que el señor Duffy la había asesinado.

Intentó concentrarse en su espectacular victoria ante el Tribunal de Animales representando a Hallie, su cliente y novia potencial; sin embargo, sus pensamientos regresaban inevitablemente a la escena del crimen. Al final, dejó de moverse y se durmió.

Su madre llegó a casa poco antes de las once. Miró en el

refrigerador para comprobar qué había cenado Theo, echó un vistazo al lavaplatos para asegurarse de que todo estaba en orden y habló con su marido, que estaba leyendo en el salón. Luego, subió a ver a su hijo. Theo se despertó por segunda vez en una hora, pero fingió que dormía. Ella no encendió la luz —nunca lo hacía—, pero le dio un beso en la frente, le susurró «Te quiero, Teddy», y salió de la habitación.

Una hora más tarde, Theo seguía completamente despierto, preocupado por el sitio que había escogido para esconder los guantes.

Cuando la alarma de su celular sonó a las seis y media, no supo si estaba dormido, despierto o a medio camino de lo uno y lo otro. Tampoco estaba seguro de que hubiera conseguido dormir. De lo que no tenía la menor duda era de que estaba hecho polvo y de malhumor ante un nuevo y largo día. La carga que soportaba no era normal para un niño de trece años.

Encontró a su madre ante la estufa, lugar desacostumbrado en ella, friendo salchichas y preparando galletas, algo que hacía un par de veces al año. Cualquier otra mañana, Theo se habría levantado con un hambre de lobo, listo para devorar un gran desayuno. Pero no aquélla. Sin embargo, no se sintió con ánimo para decirle que no tenía apetito.

—¿Has dormido bien, Teddy? —le preguntó, dándole un beso en la mejilla.

—No mucho.

—¿Por qué no? Pareces cansado. ¿No estarás enfermo?

—Estoy bien, mamá.

—Necesitas jugo de naranja. Está en el refrigerador.

Desayunaron alrededor del periódico.

—Parece que el juicio está a punto de terminar —comentó

ella, con las gafas de lectura en la punta de la nariz. Solía empezar los viernes haciendo una rápida visita al salón de belleza para que le arreglaran las uñas, de modo que seguía en bata.

—No estoy muy al tanto, la verdad —contestó Theo.

—No te creo. Oye, tienes los ojos rojos. Pareces cansado.

—Ya te he dicho que no he dormido bien.

—¿Y por qué no?

«Bueno, papá me despertó a las diez; y tú, a las once», pensó, pero lo cierto era que no podía echar la culpa a sus padres. Si no pegaba ojo se debía a otras razones.

—Hoy tengo un examen importante —respondió diciendo una verdad a medias porque la señora Garman los había amenazado con un examen de geometría.

—No te preocupes, lo harás bien —dijo ella, volviendo al periódico—. Anda, cómete la salchicha.

Theo consiguió tragarse la salchicha y las galletas suficientes para contentar a su madre. Le dio las gracias por tan estupendo desayuno, le deseó un buen día, se despidió de Judge acariciándole la cabeza y salió en busca de su bicicleta. Diez minutos más tarde, subía corriendo los peldaños que llevaban al despacho de Ike, donde su excéntrico tío lo esperaba para la segunda reunión matutina consecutiva.

Los viernes Ike tenía peor aspecto de lo habitual. Sus ojos estaban más rojos incluso que los de Theo, y aquella mañana no se había peinado.

—Será mejor que sea importante —gruñó.

—Lo es —contestó Theo, de pie delante del escritorio.

—Anda, siéntate.

—Prefiero permanecer de pie.

—Como quieras. ¿Qué pasa?

Theo le contó la historia de Julio y de los dos guantes en una bolsa de plástico, que en esos momentos estaba escondida en el fondo de un viejo archivero de casos de divorcio que había en el sótano de Boone & Boone, adonde nadie había bajado en más de una década. No se guardó nada de la historia salvo, naturalmente, la identidad de Julio y de su primo. Sólo le llevó unos minutos.

Ike lo escuchó con atención, se rascó la barba, se quitó las gafas y se frotó los ojos, dio sorbos a su café y, cuando Theo acabó, sólo alcanzó a balbucear:

—Increíble.

—Qué vamos a hacer —preguntó Theo, al borde de la desesperación.

—No lo sé. Esos guantes deberían ser examinados por el laboratorio forense. Puede que contengan partículas de la piel de la víctima o sus cabellos. Puede que incluso el ADN del sudor del señor Duffy.

Theo no había pensado en el sudor.

—Esos guantes podrían ser una prueba crucial —dijo Ike, pensando en voz alta mientras se rascaba la barba.

—Escucha, tío Ike, con esto ya no podemos seguir manteniéndonos al margen.

—¿Por qué te los quedaste?

—No es que me los quedara, sino más bien que mi amigo me los dejó encima de la mesa, me gustara o no. Está asustado, su primo está asustado y yo estoy asustado. ¿Qué vamos a hacer?

Ike se levantó, se estiró y tomó otro trago de café.

—¿Vas a ir al colegio?

«¿Qué otra cosa puedo hacer un viernes por la mañana?», se dijo Theo.

—Claro. Y ya llego tarde.

—Está bien, vete al colegio. Yo iré al juicio y pensaré en algo. Más tarde te enviaré un mensaje de texto.

—Gracias, Ike. Eres el mejor.

—No tienes ni idea.

Theo llegó a su salón cinco minutos tarde, pero el señor Mount estaba de buen humor, y la clase no había empezado todavía. Cuando vio a Theo, lo llamó a un aparte y le dijo:

—Oye, Theo, estaba pensando que quizá podrías darnos las últimas noticias sobre el juicio, luego, durante la asignatura de gobierno.

Lo último que Theo deseaba era tener que hablar del caso Duffy, pero no podía decir que no al señor Mount. Además, éste tenía fama de preparar poco sus clases de los viernes y necesitaba a Theo para que lo ayudara a llenar los tiempos muertos.

—Claro —contestó.

—Gracias, bastará con que nos pongas al día. Unos quince minutos, nada más. El caso quedará hoy en manos del jurado, ¿no?

—Seguramente.

Theo ocupó su asiento. El señor Mount dio unos golpecitos en su mesa para pedir silencio y pasó lista; luego, hizo los anuncios del día, la rutina habitual de un tutor. Cuando sonó el timbre del primer cambio de clase, los chicos salieron del aula. Un compañero de clase, llamado Woody, lo siguió por el pasillo y lo abordó junto a los casilleros. Con sólo ver su expresión, Theo supo que algo iba mal.

—Theo, necesito que me ayudes —le dijo Woody en voz baja, mirando a su alrededor.

La vida familiar en casa de Woody era un desastre. Sus padres se habían casado dos o tres veces y no podía decirse que hubiera mucha supervisión por su parte. Él tocaba la guitarra eléctrica con un grupo de aficionados, había empezado a fumar, vestía como un pordiosero y se rumoraba que se había hecho un tatuaje en el trasero. Theo, como el resto de sus compañeros, sentía curiosidad por dicho tatuaje, pero no sentía la menor necesidad de confirmar el rumor. A pesar de todas esas distracciones, Woody mantenía un siete de promedio en sus notas.

—¿Qué pasa? —preguntó Theo, deseando poder decirle que aquél era el peor momento para pedirle consejo legal. Tenía demasiadas cosas en la cabeza.

—¿Puedes dejar que esto quede entre tú y yo? —quiso saber Woody.

—Claro.

Estupendo. Justo lo que necesitaba: más secretos.

Hallie pasó por allí, aminoró el paso y lanzó una simpática sonrisa a Theo, pero enseguida se dio cuenta de que estaba ocupado y desapareció.

—Anoche arrestaron a mi hermano, Theo —le explicó Woody con lágrimas en los ojos—. La policía se presentó en casa pasada la medianoche y se lo llevó esposado. Fue muy desagradable. Ahora está en la cárcel.

—¿Cuáles son los cargos?

—Posesión de drogas, marihuana. Y puede que también distribución.

—Hay una gran diferencia entre posesión y distribución.

—¿Puedes ayudarnos?

—Lo dudo. ¿Qué edad tiene?

—Diecisiete.

Theo conocía la reputación del hermano de Woody.

—¿Es su primer delito? —preguntó, aunque sospechaba que la respuesta era «no».

—El año pasado lo atraparon por posesión. Ésa fue la primera, por eso sólo lo amonestaron.

—Lo siento, Woody, pero tus padres tienen que contratar los servicios de un abogado. Es así de simple.

—No hay nada simple. Mis padres no tienen dinero, y si lo tuvieran no se lo gastarían en abogados. Mi casa está en pie de guerra, Theo, los hijos contra los padres, y nadie está dispuesto a tomar prisioneros. Mi padrastro ha discutido mil veces con mi hermano por el tema de las drogas y le ha prometido otras tantas que no pensaba mover un dedo si la policía se lo llevaba.

Sonó el timbre, y el pasillo se vació.

—De acuerdo, búscame en el recreo —le dijo Theo—. No tengo demasiados consejos que darte, pero veré qué puedo hacer.

—Gracias, Theo.

Entraron a toda prisa en la clase de madame Monique. Theo se sentó frente a su mesa, abrió la mochila y se acordó de que no había hecho la tarea. Lo cierto era que no le importaba demasiado. En esos momentos daba gracias por vivir en un hogar acogedor y tranquilo, con unos padres estupendos que casi nunca levantaban la voz.

Luego, se acordó de los guantes.

15

A mitad de clase de geometría, mientras la señorita Garman seguía lanzando indirectas acerca de un examen, y Theo, con la mirada clavada en la pared, hacía esfuerzos por mantenerse despierto, el intercomunicador que había encima de la puerta sonó y sobresaltó a todos.

—Señorita Garman, ¿está Theo Boone en clase? —preguntó la voz chillona de la señorita Gloria, la secretaria de toda la vida del colegio.

—Sí, está aquí —contestó la señorita Garman.

—Por favor, envíelo abajo. Tiene que salir.

Theo recogió sus cosas, las metió a toda prisa en la mochila y se dirigió hacia la puerta.

—Si hacemos un examen podrás recuperarlo el lunes —le dijo la profesora.

«Gracias por nada», se dijo Theo.

—Estupendo.

—Que tengas un buen fin de semana —dijo ella.

—Y usted también.

Llegó al vestíbulo en un abrir y cerrar de ojos, preguntándose quién lo habría ido a buscar y por qué razón. Quizá su madre, preocupada por sus enrojecidos ojos y su cara de cansado, había decidido llevarlo al médico. Pero lo más seguro era que no. No solía reaccionar con exageración y no lo llevaba al médico a menos que estuviera medio moribundo. O quizá se trataba de su padre, que lo había pensado mejor y había decidido permitirle que fuera a ver el último día del juicio. Pero lo más seguro era que tampoco fuera eso. Su padre, como siempre, vivía en otro mundo.

Quizá se trataba de algo mucho peor. De alguna manera, por alguna razón, alguien lo había delatado y la policía estaba esperándolo con una orden de registro para encontrar los guantes. En ese caso se descubriría el secreto, y él, Theo Boone, se hallaría en un grave aprieto.

Aminoró el paso. Cuando llegó a la esquina del pasillo se asomó a una ventana y echó un vistazo a la entrada del colegio. Ningún coche de policía, nada que hiciera pensar en problemas. Siguió caminando, aunque más despacio.

Ike lo esperaba. Estaba charlando con la señorita Gloria cuando Theo entró en la recepción.

—Este señor asegura que es tu tío —dijo la secretaria, con una sonrisa.

—Me temo que es verdad —contestó Theo.

—Y que tienes que asistir a un funeral en Weeksburg.

Ike lo estaba apremiando con la mirada. Theo vaciló un segundo, luego asintió.

—Sí. No me gustan los funerales.

—No vas a volver, ¿verdad? —preguntó la señorita Gloria, alargándole un sujetapapeles.

—No —intervino Ike—. El funeral es a la una y media. Le ocupará el resto del día.

—Firma aquí —ordenó la secretaria.

Theo firmó y salió del despacho. El coche de Ike era un Triumph Spitfire, un dos plazas con más de treinta años de pésimo mantenimiento a cuestas. Como todos los elementos en la vida de Ike, se aguantaba con alfileres y funcionaba de milagro.

Habían doblado la esquina cuando Theo se decidió a hablar.

—Un funeral, ¿eh? Me gusta la idea.

—Ha funcionado.

—¿Y adónde vamos?

—Has acudido a mí en busca de ayuda, ¿verdad? Pues bien, mi consejo es que vayamos al despacho de Boone & Boone, te encierres con tus padres y se lo cuentes todo.

Theo suspiró. No estaba en situación de discutir. Las cuestiones en juego eran demasiado complicadas para él.

Elsa se llevó una sorpresa cuando los vio entrar, y se puso en pie de un salto.

—¿Pasa algo malo? —preguntó.

—Buenos días, Elsa —la saludó Ike—. Tienes el mismo exótico aspecto de siempre.

Esa mañana llevaba un suéter color naranja con gafas y lápiz de labios a juego. Hizo caso omiso de Ike, miró a Theo y le preguntó:

—¿Se puede saber qué estás haciendo aquí?

—He venido por el funeral —respondió, yendo hacia la biblioteca.

—Por favor, ¿quieres llamar a Woods y a Marcella? —pidió Ike—. Debemos tener una reunión familiar en la biblioteca.

Normalmente, Elsa se habría enfadado si alguien le hubiese dicho lo que tenía que hacer, pero comprendió que la situación era seria. Por suerte, la señora Boone estaba sola en su despacho, y el señor Boone seguía trasegando papeles en el piso de arriba. Los dos bajaron rápidamente. Tan pronto como Ike hubo cerrado la puerta, el señor Boone miró a Theo y le preguntó:

—¿Qué está pasando aquí? ¿Por qué no estás en el colegio?

—Tranquilízate —le dijo Ike—. Será mejor que nos pongamos cómodos y hablemos del asunto.

Tomaron asiento. Los padres de Theo lo miraban como si acabara de cometer un delito.

—Bueno —prosiguió Ike—, déjenme que sea yo quien empiece. Luego me callaré y seguirá Theo. El miércoles pasado, Theo tuvo una plática con uno de sus amigos del colegio. Esta charla condujo a otra y, en el transcurso de dichas conversaciones, Theo tuvo acceso a una información que podría dar un vuelco al caso Duffy. En pocas palabras, hay un testigo, cuya existencia nadie conoce, ni la policía, ni el fiscal ni la defensa, nadie salvo Theo y su amigo. Como no sabía qué hacer, Theo me consultó; y como yo tampoco lo tengo claro, aquí estamos.

—¿Por qué no nos lo contaste a nosotros, Theo? —le espetó su madre.

—Se lo está contando ahora —replicó Ike.

—Tenía miedo —reconoció Theo—. Y lo sigo teniendo. Además, le prometí a mi amigo que no se lo diría a nadie.

—¿Qué sabe ese testigo? —preguntó el señor Boone.

Theo miró a Ike e Ike a Theo. «Adelante», le dijo su tío con los ojos. Theo carraspeó y miró a su madre.

—Bueno, ese testigo estaba en el bosque, cerca de casa de los Duffy en el momento del asesinato. Vio al señor Duffy estacionar su coche eléctrico, quitarse los zapatos, ponerse un guante en la mano derecha, entrar en la casa y salir instantes después. Era la hora en que la señora Duffy fue asesinada. El testigo vio al señor Duffy ponerse otra vez los zapatos, guardar los guantes en la bolsa de palos y alejarse a toda velocidad como si nada hubiera ocurrido.

—¿Cómo sabes que era la hora del asesinato? —le preguntó su madre.

—El patólogo testificó que la señora Duffy murió alrededor de las once cuarenta y cinco. Era la pausa para almorzar del testigo, que empezaba a las once y media.

—¿Y el señor Duffy no llegó a ver a ese testigo? —inquirió el señor Boone

—No porque estaba escondido entre los árboles, comiendo su almuerzo. Trabaja en el campo de golf.

—¿Sabes cómo se llama? —preguntó la señora Boone.

—No, pero sé quién es.

—¿Has hablado con él? —quiso saber el señor Boone.

—Sí.

—¿Dónde hablaste con él? —preguntó la señora Boone.

Theo se sintió como un testigo sometido a un interrogatorio cruzado y vaciló. Ike intervino en su lugar.

—Theo prefiere no divulgar los nombres del testigo ni de su amigo, y si hacen demasiadas preguntas sus identidades pueden hacerse evidentes.

—Se lo prometí —dijo Theo en tono suplicante—. De hecho, prometí no decir una palabra de esto a nadie. Lo siento, pero no sabía qué hacer.

—Por eso acudió a mí al principio —dijo Ike—. En busca de consejo. No quería preocuparlos. De todas maneras, la historia no termina aquí, ¿verdad, Theo?

Sus padres lo fulminaron con la mirada, y él se encogió en su silla.

—Adelante, Theo —le dijo su tío.

—Vamos, suéltalo ya —ordenó su padre.

Theo le explicó la historia de los guantes.

—¿Y dices que los tienes tú? —preguntó la señora Boone cuando su hijo hubo acabado.

—Sí.

—¿Dónde están ahora?

—Abajo. Escondidos en un archivero lleno de viejos casos de divorcio.

—Cuando dices «abajo», ¿te refieres a aquí, al sótano de este bufete?

—Sí, mamá. Debajo de nosotros.

El señor Boone soltó un silbido.

—¡Caray, hijo!

Se produjo un largo silencio mientras los cuatro Boone sopesaban la situación e intentaban averiguar qué leyes y disposiciones eran las aplicables en tan extraña situación. A pesar de que había dicho más de lo que pretendía, Theo se sentía aliviado por haber podido compartir su pesada carga. Sus padres sabrían qué había que hacer e Ike también aportaría su consejo. Estaba seguro de que entre tres adultos podrían resolver el problema.

—Según dice el periódico, es posible que el juicio finalice hoy —comentó el señor Boone.

—Estuve en el tribunal —dijo Ike—. Se espera que Duffy testifique esta tarde y sea el último testigo. Cuando la defensa y el fiscal hayan presentado sus conclusiones finales, el caso quedará en manos del jurado.

—Esta mañana, en la cafetería se rumoraba que el juez Gantry celebrará sesión mañana a la espera de la decisión del jurado —explicó el señor Boone.

—¿Un sábado?

—Eso decían.

Se produjo otra larga pausa. La señora Boone se volvió hacia su hijo.

—Bueno, Theo, llegados a este punto, ¿tú qué sugieres que hagamos?

Theo esperaba que fueran los adultos quienes lo supieran. Se encogió un poco más, pero dijo:

—Me parece que lo mejor es ir a ver al juez Gantry y contárselo todo.

—Estoy de acuerdo contigo —dijo ella, con una sonrisa.

—Y yo también —convino Ike.

Al menos para Theo, no supuso ninguna sorpresa que su padre no estuviera conforme.

—Un momento —dijo el señor Boone—. Supongamos que se lo contamos todo al juez Gantry y éste presiona a Theo para que confiese el nombre o la identidad del testigo y que Theo se niegue a identificarlo. Entonces ¿qué? ¿Y si el juez lo acusa de desacato?

—No sé qué significa eso —admitió Theo.

—¡Significa problemas! —espetó su padre.

—Quiere decir que el juez te podría encerrar hasta que le des lo que pide —explicó Ike, haciendo una mueca, como si aquello tuviera alguna gracia.

—Preferiría no ir a la cárcel, la verdad —dijo Theo.

—No seas ridículo, Woods —intervino la señora Boone—. Henry Gantry nunca acusaría a Theo de desacato.

—No estoy tan seguro —replicó Woods—. Tienes un testigo potencial que podría cambiar el resultado del juicio y una persona que lo sabe todo acerca de ese testigo. Esa persona es Theo, y si Theo se niega a obedecer al juez, éste podría enfadarse. Yo no lo culparía por ello, la verdad.

—En serio, no quiero ir a la cárcel —insistió Theo.

—No irás a la cárcel —le aseguró su madre—. Ningún juez en su sano juicio encerraría a un niño inocente de trece años.

Se produjo otra larga pausa, hasta que el señor Boone preguntó:

—Theo, ¿qué pasaría si se develara de alguna manera la identidad de este testigo?

—Se trata de un inmigrante ilegal, papá. Se supone que no puede estar aquí y tiene miedo. Si la policía se entera de cómo se llama lo detendrá. Y si acaba en la cárcel habrá sido culpa mía. Y si no consiguen agarrarlo, desaparecerá.

—Entonces no nos digas quién es —le aconsejó la señora Boone.

—Gracias, mamá. No pensaba hacerlo.

—Sí, no se lo digas a nadie.

—De acuerdo, pero ahora que saben que se trata de un inmigrante ilegal y que trabaja en el campo de golf, no será difícil dar con él.

—¿Cómo entraste en contacto con esta persona?

—Tiene un primo que va al colegio. Fue él quien me pidió consejo.

—Como tantos otros chicos de la escuela —añadió Ike.

—Sí. No todos, pero muchos.

Todo el mundo dejó escapar un suspiro. El señor Boone miró a su hijo y sonrió.

—Se trata de esa familia que está en el albergue, ¿verdad? Es Julio, el chico al que ayudas con la tarea de matemáticas, ¿no? Su madre… ¿cómo se llama, Marcela?

—No. Carola.

—Carola. Eso es. He hablado con ella varias veces. Tiene dos gemelos pequeños y otro hijo mayor que se llama Julio. Son de El Salvador, ¿verdad?

Theo asintió. «Sí, papá, lo has adivinado», pensó, y en cierto modo se sintió aliviado. En realidad no había develado ningún secreto, pero alguien tenía que saber la verdad.

16

Mientras caminaba por detrás de sus padres y de Ike, Theo se dijo que seguramente aquélla era la primera vez que entraba en los juzgados a disgusto. Siempre le emocionaba estar allí, ver a los auxiliares y a los abogados ir de un lado a otro, atareados con sus importantes asuntos; contemplar el amplio vestíbulo de mármol, con la gran araña colgando del techo y los grandes retratos de jueces fallecidos en las paredes. Los juzgados le habían gustado toda la vida; sin embargo, en esos momentos cualquier sentimiento positivo había desaparecido. A Theo le daba miedo lo que pudiera pasar, aunque no tenía la menor idea de lo que podía ser.

Subieron por la escalera hasta el primer piso, hasta la cerrada y vigilada puerta del tribunal. Un alguacil llamado Snodgrass les informó que el juicio estaba en plena sesión y que la puerta no se abriría hasta el siguiente receso. Así pues fueron por el pasillo hasta el despacho del honorable Henry L. Gantry, donde su secretaria, la señorita Irma Hardy, estaba escribiendo en la computadora cuando ellos entraron.

—Buenos días, Irma —la saludó la señora Boone.

—Vaya, buenos días, Marcella. Hola, Woods. Caramba, Theo, tú por aquí. —La señorita Hardy se había puesto en pie y quitado las gafas, obviamente sorprendida por la presencia de la familia Boone en pleno. Miró a Ike con aire suspicaz, como si sus caminos se hubieran cruzado tiempo atrás, en circunstancias poco gratas. Ike iba vestido con pantalones de mezclilla, tenis blancos y camiseta, pero afortunadamente se había puesto un viejo saco marrón que le daba cierto aire de respetabilidad.

—Soy Ike Boone —se presentó, tendiendo la mano a la señorita Irma—, el hermano de Woods y el tío de Theo. En su día trabajé como abogado.

La señorita Hardy compuso una rígida sonrisa, como si recordara el nombre, y le estrechó la mano.

—Escucha, Irma, tenemos un asunto muy importante que tratar con el juez Gantry —explicó la señora Boone—. Sé que en estos momentos se encuentra en el estrado, presidiendo el juicio del señor Duffy, pero por eso estamos aquí. Me temo que es de una importancia crucial que podamos hablar con él.

—¿A qué hora hará la pausa para almorzar? —intervino el señor Boone.

—Normalmente, alrededor de las doce, como siempre; pero aprovechará para reunirse con todos los abogados durante el almuerzo. Ya saben que está sumamente ocupado.

Theo miró el gran reloj de pared que colgaba tras la señorita Hardy. Marcaba las once y diez.

—Es imperativo que veamos al juez lo antes posible —insistió la señora Boone, excesivamente, en opinión de Theo. Pero, claro, era especialista en divorcios, y no destacaba por su timidez.

Sin embargo, aquél era el terreno de la señorita Hardy, y ella no estaba dispuesta a dejarse avasallar.

—Bueno, pues no estaría mal que antes me dijeran de qué se trata todo esto.

—Me temo que es confidencial —contestó el señor Boone, con expresión grave.

—Lo sentimos, Irma —se disculpó la señora Boone—, pero no podemos decirte nada.

En el despacho había unas cuantas sillas libres, bajo otros tantos retratos de jueces fallecidos. La señorita Hardy los despachó con un movimiento de la mano.

—Esperen ahí. Avisaré a su señoría cuando haga la pausa para almorzar.

—Gracias, Irma —dijo la señora Boone.

—Sí, gracias —añadió su marido.

Todos respiraron con alivio, sonrieron y tomaron asiento.

—¿Cómo es que no estás en el colegio, Theo? —le preguntó la señorita Hardy.

—Es una historia muy larga. Le prometo que algún día se la contaré.

Los Boone se pusieron cómodos y, al cabo de quince minutos, Ike se levantó y masculló algo sobre la necesidad de salir a fumar. La señora Boone estaba hablando por el celular, despachando cierto asunto urgente con Elsa en la oficina; y el señor Boone, leyendo un documento de la carpeta que había llevado consigo.

Theo se acordó de Woody y de la detención de su hermano. Abrió la mochila, sacó su computadora y empezó a buscar el registro de detenidos. Semejante información no estaba disponible para el público en general, pero Theo, una vez más, utilizó el código del bufete de sus padres para encontrar lo que necesitaba.

Tony, el hermano de Woody, había sido llevado al Centro de Detención Juvenil de Strattenburg, un nombre elegante para la cárcel donde encerraban a los menores de dieciocho años. Estaba acusado de posesión de marihuana e intento de venta, un delito que se castigaba con diez años de cárcel. Puesto que sólo tenía diecisiete años y era menor, seguramente podría hacer un trato que le permitiera declararse culpable y cumplir dos años en otro centro penitenciario. Eso suponiendo, desde luego, que estuviera dispuesto a declararse culpable. Si optaba por declararse no culpable, tendría que someterse al veredicto de un jurado y arriesgarse a una condena mucho más larga. Sólo el dos por ciento de los menores acusados de delitos relacionados con las drogas decidían ir a juicio.

Si los padres o los tutores legales se negaban a colaborar, tal como había dicho Woody que pensaban hacer con su hermano, el Estado le proporcionaría un abogado de oficio. En Strattenburg, los abogados de oficio eran muy competentes y se ocupaban diariamente de casos de drogas.

Theo resumió todo aquello en un correo electrónico y se lo envió a Woody. También envió un mensaje al señor Mount, explicándole que no estaba en el colegio y que se perdería la clase de gobierno. De paso mandó un rápido saludo a April.

El reloj de la pared parecía haberse paralizado y la señorita Hardy seguía atareada con su trabajo. Todos los jueces fallecidos parecían mirar fijamente a Theo y ninguno de ellos sonreía. Parecían ceñudos y serios, como si le preguntaran: «¿Qué haces aquí, chico?». Su padre había salido al pasillo para hablar por teléfono y zanjar una cuestión de vital importancia. Su madre estaba trabajando con su computadora, como si la vida le fuera en ello. Ike estaba asomado a una ventana, echando humo fuera del edificio.

Theo decidió salir a dar una vuelta. Subió por la escalera y se acercó al Tribunal de Familia, donde confiaba encontrar a Jenny, pero ella no estaba. Bajó al Tribunal de Animales, pero lo encontró vacío. Entonces decidió subir por una vieja escalera oscura —que muy pocos utilizaban y cuya existencia aún menos conocían— y se adentró sigilosamente por un pasillo escasamente iluminado del segundo piso hasta que llegó a una estancia que en su día había albergado la biblioteca de los juzgados. En esos momentos se utilizaba como almacén y estaba llena de cajas con documentos y de viejas computadoras. Una gruesa capa de polvo lo cubría todo, y Theo dejó las huellas de sus pasos en el suelo cuando pasó de puntillas entre los desechos. Estaba tan oscuro que apenas podía verse las manos. Cerca del suelo había una grieta, una pequeña apertura, y por ella Theo pudo ver la sala del tribunal del piso de abajo desde una posición por encima del jurado.

Era una vista espléndida que Theo había descubierto un año antes, cuando la víctima de una violación había declarado en un caso tan desagradable que el juez Gantry había acabado celebrando el juicio a puerta cerrada. El testimonio de la testigo había provocado náuseas a Theo, que deseó no haber fisgoneado. La grieta resultaba invisible desde la sala del tribunal porque se hallaba justo por encima de las pesadas cortinas de terciopelo que había en el recinto del jurado.

Uno de los compañeros de golf del señor Duffy estaba declarando en el estrado de los testigos. A pesar de que no alcanzaba a oírlo claramente, Theo pudo hacerse una idea de sus palabras. El hombre estaba explicando que el señor Duffy era muy competitivo, estaba decidido a mejorar su juego y se lo tomaba muy en serio. Por eso prefería jugar solo. No era nada raro. Muchos golfistas, especialmente los más concienzudos, preferían salir al campo sin compañía para pulir sus golpes.

El tribunal estaba abarrotado. Theo no llegaba a ver la galería, pero imaginó que también estaría llena. Apenas podía distinguir la cabeza del señor Duffy entre sus asesores sentados a la mesa de la defensa. Parecía confiado, casi seguro de que el juicio se estaba desarrollando a su favor y de que el jurado lo declararía inocente.

Estuvo observando unos minutos, pero cuando los letrados se enzarzaron en una discusión a gritos decidió salir de su escondite. Estaba bajando por la escalera cuando vio que algo se movía en el rellano del piso de abajo. Había alguien allí, escondido. Theo se quedó muy quieto y le llegó el olor de algo que se quemaba. El hombre estaba fumando un cigarrillo, cosa que iba contra las normas, que prohibían fumar dentro del edificio. Soltó una gran bocanada de humo y se apoyó en el pasamano de la escalera. Era Omar Cheepe. Su cabezota y sus negros ojos eran claramente visibles. Levantó la vista y miró a Theo sin decir nada. Luego dio media vuelta y se alejó.

Theo no sabía si Cheepe lo había seguido o si aquel rellano era el lugar habitual donde Cheepe fumaba. Había colillas por todas partes. Quizás otros también se escabullían hasta allí para fumar. Aun así, una voz interior le dijo que el encuentro no había sido casual.

Era casi la una cuando el juez Gantry abrió bruscamente la puerta de su despacho y fue directo hacia los Boone, que estaban sentados como colegiales esperando para ver al director. No llevaba toga ni chaqueta, iba en mangas de camisa, arremangado y con la corbata floja. La viva imagen de un hombre atareado. No sólo no sonreía, sino que parecía bastante irritado.

Los Boone se pusieron en pie nada más verlo. No hubo saludos ni cortesías.

—Será mejor que se trate de algo importante —se limitó a decir el juez Gantry.

—Lo siento, señoría —se disculpó el señor Boone—. Somos conscientes de lo que está ocurriendo y sabemos que está muy ocupado.

—Te presentamos nuestras disculpas, Henry —añadió rápidamente la señora Boone—, pero se trata de un asunto crucial que puede tener un impacto decisivo en la marcha del juicio.

Al llamarlo por su nombre en lugar de «señoría», la señora Boone consiguió relajar un poco el ambiente. Por muy molesto que Gantry pareciera, Marcella Boone no era una mujer que se dejara intimidar fácilmente.

—Serán sólo cinco minutos —añadió, cogiendo su bolso.

El juez Gantry miró a Theo como si éste fuera un delincuente; luego, se volvió hacia Ike y sonrió.

—Hola, Ike. Ha pasado mucho tiempo.

—Es verdad, Henry —repuso Ike.

La sonrisa desapareció.

—Les concedo cinco minutos —sentenció el juez.

Lo siguieron rápidamente hasta su despacho y, al pasar, Theo miró a la señorita Hardy, que seguía escribiendo en la computadora y no mostraba el menor interés por la situación. Theo supuso que en media hora se habría enterado de todo.

Los cuatro miembros de la familia Boone ocuparon unas sillas ante una larga mesa de trabajo situada en un rincón del espacioso despacho. El juez se sentó ante ellos. Theo se había situado entre sus padres. A pesar de lo nervioso que estaba, también se sentía protegido.

Su madre fue la primera en hablar.

—Henry, tenemos razones para creer que hay un testigo del asesinato de Myra Duffy, un testigo que se esconde y que ni la policía, ni el fiscal ni la defensa conocen.

—¿Puedo saber qué tiene que ver Theo en todo esto? —quiso saber el juez, arqueando una ceja—. Yo diría que en estos momentos debería estar en el colegio. Éstos no son asuntos para un niño.

Ciertamente, Theo habría preferido hallarse en clase en esos momentos; además, le molestaba que lo llamaran «niño». A pesar de todo, contestó con la mayor formalidad.

—Porque yo sé quién es ese testigo, señoría. Yo lo sé, y ellos no.

Los ojos del juez Gantry se veían enrojecidos y cansados. Dejó escapar un impresionante suspiro, como si fuera una tubería soltando presión. Las profundas arrugas de su frente se alisaron.

—¿Y qué papel tienes tú en todo esto, Ike?

—Soy solamente el asesor legal de Theo —respondió Ike queriendo parecer gracioso pero sin conseguirlo.

—De acuerdo —dijo el juez tras una pausa—. ¿Por qué no empezamos por el principio? Me gustaría saber qué fue lo que vio ese supuesto testigo. ¿Quién puede explicármelo?

—Yo puedo, señoría —respondió Theo—, pero he prometido no revelar su nombre.

—¿A quién se lo has prometido?

—Al testigo.

—De manera que has hablado con él.

—Sí, señoría.

—¿Y crees que estaba diciendo la verdad?

—Sí, señoría.

Volvió a suspirar, y luego se frotó los ojos.

—De acuerdo, Theo. Te escucho.

Theo le contó toda la historia.

Cuando acabó, el silencio invadió el despacho. El juez Gantry descolgó lentamente el teléfono, apretó un botón y dijo:

—Señorita Hardy, haga el favor de avisar al alguacil que voy a retrasarme treinta minutos. Que el jurado permanezca en la sala de deliberaciones.

—Sí, señor —repuso con presteza una voz.

El juez Gantry se recostó en su asiento. Los Boone lo observaron, pero evitaron su mirada.

—¿Y tú tienes esos guantes? —preguntó con tono mucho más pausado.

—Están en nuestro bufete, señoría —contestó el señor Boone—. Estaremos encantados de entregárselos.

—No, no —dijo el juez, alzando las manos—. Al menos, no todavía. Quizá más tarde o quizá nunca. Déjenme pensar un momento. —Dicho lo cual se puso de pie y se acercó a una ventana situada detrás de su imponente escritorio. Permaneció allí unos minutos, mirando por el cristal a pesar de lo poco que había que ver. Parecía haberse olvidado de que un piso más abajo había una sala llena de gente que lo esperaba con impaciencia.

—¿Lo he hecho bien? —preguntó Theo a su madre con un hilo de voz. Ella le sonrió y le dio una palmada en el brazo.

—Lo has hecho estupendamente, Teddy. Sonríe.

El juez Gantry regresó, se sentó frente a los Boone, miró a Theo y le preguntó:

—¿Por qué ese testigo no quiere identificarse?

Theo vaciló porque si decía mucho más podía comprometer la identidad del primo de Julio.

Ike decidió echarle una mano.

—Señoría, ese testigo es un inmigrante ilegal, uno de los muchos que hay por aquí. En estos momentos está muy asustado, y es comprensible que lo esté. Si sospecha el menor problema desaparecerá.

—Está seguro de que lo detendrán si se presenta a declarar —añadió Theo.

—Además, Theo le prometió que no hablaría de esto con nadie —insistió Ike.

—Aún así —intervino el señor Boone—, ha creído que era importante informar al tribunal que existe un testigo clave que no ha declarado.

—Y todo eso sin dejar de proteger la identidad de dicho testigo —concluyó la señora Boone.

—De acuerdo, de acuerdo —repuso el juez Gantry, echando un vistazo a su reloj—. No puedo interrumpir el juicio en estos momentos. Estamos casi listos para las deliberaciones. Si ahora apareciera un testigo sorpresa, sería muy complicado detener el procedimiento y permitirle declarar. Pero es que no tenemos un testigo sorpresa, sino un testigo fantasma. La verdad, no puedo interrumpir el juicio.

Aquellas palabras resonaron en las cuatro paredes del despacho y cayeron pesadamente sobre la mesa. En lo único en lo que pensó Theo fue en el señor Duffy, sentado confiadamente entre sus abogados, seguro de que lo declararían inocente del asesinato que había cometido.

—¿Puedo sugerir algo, señoría?

—Desde luego. Cualquier ayuda me vendrá bien.

—Se rumora que piensa celebrar sesión mañana, que es sábado, y esperar el veredicto.

—Así es.

—Entonces, ¿por qué no envía al jurado a casa hasta el lunes, como en la mayoría de los casos? Vuelva a llamarlos el lunes por la mañana para que empiecen las deliberaciones. Se trata de un juicio, no de una operación de emergencia. No hay ninguna prisa.

—¿Y cuál es el plan?

—No tengo ninguno. Pero eso nos daría un poco de tiempo para pensar en el testigo y quizá para hallar la forma de ayudarlo. No sé, no me parece correcto precipitar un veredicto, especialmente uno que puede ser equivocado.

—¿Equivocado?

—Sí. He presenciado buena parte del juicio. El fiscal empezó con un caso muy endeble, y la verdad es que ha ido de mal en peor. Pete Duffy va a salir libre.

El juez Gantry asintió levemente, como si estuviera de acuerdo, pero no dijo nada. Se abrochó las mangas de la camisa y se ajustó la corbata. Luego, se levantó y cogió la toga que colgaba tras la puerta.

—Lo pensaré —dijo finalmente—. Gracias por su...

—Intrusión —respondió el señor Boone por él.

El resto de la familia se levantó.

—No, Woods, para nada —dijo el juez—. Esto presenta una situación desconocida, algo con lo que nunca me he encontrado. Te doy las gracias, Theo.

—De nada, señoría.

—¿Piensan quedarse a presenciar el resto del juicio?

—Es imposible encontrar asiento —explicó Theo.

—Bueno, déjenme ver qué puedo hacer al respecto.

17

Cuando los miembros del jurado hubieron ocupado sus asientos, el silencio se hizo en la sala, y todos los ojos estuvieron puestos en el juez Gantry, éste dijo:

—Señor Nance, tengo entendido que le queda un testigo más.

Clifford Nance se puso en pie con gesto solemne.

—Sí, señoría —respondió dándose importancia—. La defensa llama al señor Pete Duffy.

La tensión aumentó de repente cuando el acusado se dirigió al estrado de los testigos. Por fin, después de cuatro largos días de juicio, el acusado prestaría declaración y daría su versión de lo ocurrido. Sin embargo, al hacerlo así, tendría que someterse igualmente a las preguntas de la acusación. Theo sabía que los acusados no testificaban en el sesenta y cinco por ciento de los casos, y también la razón: primero, solían ser culpables del crimen e incapaces de superar un astuto y peligroso interrogatorio del fiscal; segundo, normalmente tenían antecedentes penales que, una vez en el estrado, se convertían en materia de dominio público. En todos los juicios, los jueces suelen explicar al acusado que no está obligado a declarar, que no tiene necesidad de decir una palabra ni aportar testigo alguno en su favor. La carga de demostrar su culpabilidad recae por completo en la acusación.

Theo también sabía que un jurado suele sospechar de los acusados que no quieren declarar para salvar su cuello, pero era incapaz de decir si sospechaban de Duffy. Los jurados contemplaron atentamente a Duffy mientras tomaba asiento, levantaba la mano derecha y juraba decir la verdad.

Theo pudo ver todo aquello porque, gracias al juez Gantry, se encontraba sentado en un asiento preferente de la segunda fila, tras la mesa de la defensa, con Ike a su derecha y su padre a la izquierda. Su madre se había marchado al bufete porque tenía una cita. Les había dicho que no podía perder la tarde viendo un juicio, aunque lo cierto era que los tres miembros de su familia sabían que lo deseaba.

Clifford Nance se aclaró la garganta y pidió al acusado que dijera cómo se llamaba, cosa necesaria aunque absurda teniendo en cuenta las circunstancias. Todos los presentes en la sala sabían no sólo quién era, sino también muchas cosas de él. El señor Nance empezó haciéndole una serie de preguntas sencillas para dejar sentadas las cuestiones básicas: su situación familiar, sus estudios, ocupación, negocios, falta de antecedentes penales y demás cuestiones. Los dos habían pasado horas ensayándolas, y el acusado se sometió a las preguntas como si de una rutina se tratara, mirando a los miembros del jurado con frecuencia en un esfuerzo por aparentar un tono coloquial. «Confíen en mí», parecía estar diciéndoles. Se trataba de un hombre de aspecto agradable y elegantemente vestido, cosa que a Theo, que había leído acerca de la estrategia en el vestir de los abogados y sus clientes, le pareció fuera de lugar, porque ninguno de los miembros del jurado llevaba saco y corbata.

El interrogatorio entró en materia cuando el señor Nance planteó la cuestión del seguro de vida de un millón de dólares de la señora Duffy. El testigo explicó que creía en la bondad de los seguros de vida y que, ya desde joven, con mujer e hijo recién nacido, había ahorrado e invertido en un seguro de vida para él y su mujer. Ese tipo de seguros eran eficaces herramientas para proteger a una familia en el caso de un fallecimiento inesperado. Más adelante, cuando se casó por segunda vez, con Myra, le insistió para contratar otro, a lo que ella se mostró dispuesta. En realidad, las dos pólizas, valuadas en un millón de dólares cada una, habían sido idea suya pues deseaba sentirse protegida en caso de que a él le ocurriera algo.

A pesar de que parecía totalmente relajado, el señor Duffy resultaba creíble. El jurado escuchaba con atención, lo mismo que Theo, que no dejaba de pensar en que se hallaba presenciando el juicio más importante en la historia de Strattenburg. Y por si fuera poco, se estaba saltando las clases con una buena excusa.

A continuación, el señor Nance habló de los negocios del señor Duffy, y éste tuvo una gran actuación: reconoció que algunas de sus operaciones inmobiliarias habían salido mal, que los bancos lo estaban exprimiendo, que había metido en apuros a más de un socio y que había cometido indudables errores. Su humildad resultó conmovedora y fue bien recibida por el jurado. Incluso le supuso mayor credibilidad. Negó rotundamente que estuviera al borde de la bancarrota y enumeró una serie de pasos que se proponía dar para reducir su endeudamiento y salvar sus activos.

Buena parte de aquello carecía de sentido para Theo, que intuyó que al jurado le ocurría lo mismo. Pero no importaba. Clifford Nance había preparado bien a su cliente.

Si según la acusación, el móvil del delito había sido el dinero y la codicia, dicha teoría parecía cada vez más endeble.

Nance pasó entonces a ocuparse de la delicada cuestión de las dificultades conyugales de su cliente. Y de nuevo, el acusado hizo un buen trabajo. Admitió que la relación iba mal. Sí, habían recurrido a asesores matrimoniales. Sí, habían consultado a distintos abogados de divorcios. Sí, habían tenido discusiones, pero ninguna violenta. Y sí, en una ocasión se había marchado de casa durante un mes, tiempo durante el cual se había sentido tan desdichado que se había reafirmado en su convicción de arreglar las cosas. Cuando su mujer fue asesinada, los dos eran felices juntos y hacían planes para el futuro.

Otro golpe contra las teorías de la acusación.

A medida que la tarde fue pasando, Clifford Nance condujo a su testigo al asunto del golf y los dos le dedicaron mucho tiempo. Demasiado, en la humilde opinión de Theo. El señor Duffy insistía en que le gustaba jugar solo y que llevaba décadas haciéndolo. Su abogado sacó un expediente y anunció que contenía las tarjetas de las salidas de su cliente, que se remontaban a veinte años atrás. Cogió una y se la entregó a su testigo, que la identificó sin dificultad. Era de un campo de California, hacía catorce años. Había hecho ochenta y un golpes, nueve por encima del par, y había jugado solo.

A una tarjeta le siguió otra y otra, y el testimonio no tardó en convertirse en un recorrido por los campos de golf de Estados Unidos. Pete Duffy jugaba mucho golf, era un jugador concienzudo, anotaba sus resultados y jugaba solo. Se tomó la molestia de explicar que también jugaba con amigos, por negocios, y que incluso jugaba con su hijo cuando se le presentaba la ocasión; pero lo que más le gustaba era jugar solo en un campo sin gente.

Cuando la gira finalizó, no quedaba ninguna duda de que las teorías de la acusación habían sido rebatidas. La idea de que Pete Duffy hubiera pasado dos años planeando el asesinato y que hubiera jugado solo ese día para que no hubiera testigos de su crimen parecía francamente infundada.

Theo no dejaba de pensar: «En esta sala hay cuatro personas que conocen la verdad: yo, Ike, mi padre y Pete Duffy. Nosotros sabemos que mató a su mujer».

Ike no dejaba de pensar: «Este tipo se va como si nada y no vamos a poder evitarlo. Es el crimen perfecto».

Woods Boone no dejaba de pensar: «¿Cómo podemos dar con ese misterioso testigo y hacerlo declarar antes de que sea demasiado tarde?».

La última tarjeta de resultados fue la del día del crimen. El señor Duffy jugó dieciocho hoyos, hizo seis sobre par y jugó solo. Naturalmente, los resultados los había anotado él, de modo que su veracidad era dudosa.

(Theo ya sabía que, en golf, la mayoría de las tarjetas reflejaban algo distinto de la realidad.)

El señor Nance adoptó un tono mucho más sombrío cuando interrogó a su cliente acerca del día del crimen, pero éste respondió bien: cuando habló del brutal asesinato de su mujer bajó la voz, que sonó dolida y quejumbrosa.

«Me pregunto si va a echarse a llorar», pensó Theo, conmovido por el testimonio.

Pero Pete Duffy contuvo las lágrimas y lo hizo estupendamente a la hora de describir el horror de saber la noticia, correr a su casa en el coche de golf y encontrar allí a la policía. El cuerpo de su esposa yacía en la misma posición, y cuando la vio tirada en el suelo uno de los detectives tuvo que sostenerlo. Más tarde, lo examinó un médico que le administró un sedante.

«¡Menudo embustero! —se dijo Theo—. ¡Valiente patraña! Tú la mataste y hay un testigo. Tengo tus guantes escondidos en el bufete.»

Pete Duffy contó la pesadilla que había sido llamar a la familia y a los amigos de su esposa, organizar el funeral y asistir al entierro. La soledad, el vacío de vivir en la misma casa donde ella había sido asesinada. La intención de venderla y mudarse a otro sitio. Las visitas diarias al cementerio.

Y después, el horror de ser sospechoso, de verse acusado, detenido y llevado a juicio. ¿Cómo podía alguien considerarlo sospechoso de haber asesinado a la mujer que amaba y adoraba?

Al fin, se derrumbó. Hizo un esfuerzo por controlarse, se enjugó las lágrimas y repitió: «Lo siento, lo siento». Resultó muy conmovedor, y Theo observó la expresión del jurado: absoluta compasión y credulidad. Duffy lloraba para salvar la vida y le estaba dando resultado.

Mientras su cliente intentaba recobrar la compostura, Clifford Nance decidió que había logrado lo que quería.

—No hay más preguntas, señoría —anunció—. Cedo la palabra al fiscal.

Jack Hogan se levantó de inmediato.

—¿Puedo sugerir un breve receso, señoría?

Un receso supondría interrumpir el procedimiento y alejar al jurado de la emoción del testimonio que acababan de oír. Eran las tres y media. Todo el mundo necesitaba un descanso.

—Está bien —convino el juez Gantry—. Quince minutos y empezaremos con la segunda ronda de preguntas.

Los quince minutos se convirtieron en treinta.

—Se le está agotando el tiempo —comentó Ike—. Es viernes por la tarde y la gente está cansada. El juez enviará al jurado a casa y lo citará para el lunes.

—No lo sé —contestó Woods Boone—. Quizá quiera escuchar las conclusiones finales esta misma tarde.

Se hallaban amontonados en el pasillo, cerca de las máquinas de refrescos. Otros grupos de espectadores esperaban igual que ellos, mirando los relojes de la pared. Entonces apareció Omar Cheepe, que necesitaba beber algo. Metió unas monedas en una de las máquinas, eligió una bebida sin apartar la vista de los Boone y sacó la lata del cajón.

Ike seguía hablando.

—Hogan no podrá hacerle ningún daño. Ese hombre es demasiado astuto.

—El jurado lo declarará inocente en menos de una hora —aseguró Woods.

—Va a salir libre —convino Theo.

—Tengo que volver al bufete —dijo Woods.

—Y yo a mi oficina —aseguró Ike.

Típico de los Boone. Sin embargo, nadie hizo ademán de marcharse porque todos deseaban presenciar el final del juicio. Theo se sentía contento de que estuvieran los tres juntos y sin discutir, lo cual constituía una rareza.

Hubo movimiento al final del pasillo, y la gente empezó a desfilar hacia la sala. Unos cuantos se habían marchado durante el receso. Al fin y al cabo, era viernes por la tarde.

Cuando estuvieron todos dentro, sentados y en silencio, el juez Gantry ocupó su lugar en el estrado, miró a Jack Hogan y asintió. Era el momento de la segunda ronda de preguntas. Cuando un acusado se sentaba en el banquillo y era el turno del fiscal, el resultado no solía ser agradable.

Jack Hogan se acercó al testigo y le entregó un documento.

—¿Reconoce usted esto, señor Duffy? —le preguntó con evidente suspicacia.

Duffy se tomó su tiempo. Lo miró por delante y por detrás y pasó varias páginas.

—Sí —contestó finalmente.

—Haga el favor de decir al jurado qué es.

—Es una notificación de embargo.

—¿De qué propiedad?

—Del centro comercial de Rix Road.

—¿De aquí, en Strattenburg?

—Sí.

—¿Y usted es el propietario del centro comercial de Rix Road?

—Sí, yo y mi socio.

—Y el banco le envió esta notificación de embargo en septiembre pasado porque usted no atendió los pagos de la hipoteca. ¿Es así?

—Eso fue lo que dijo el banco.

—¿No está usted de acuerdo, señor Duffy? ¿Está diciendo al jurado que en septiembre pasado no iba retrasado en el pago de la hipoteca? —Jack Hogan agitó otros documentos mientras preguntaba, como si tuviera muchas otras pruebas.

Duffy tardó unos segundos en contestar.

—Sí, es cierto —dijo fingiendo una sonrisa—, íbamos retrasados en el pago de la hipoteca.

—¿Y cuánto les había prestado el banco por esa propiedad?

—Doscientos mil dólares.

—Doscientos mil dólares —repitió Hogan, mirando al jurado.

A continuación fue hasta su mesa, dejó unos papeles y cogió otros.

—Y dígame, señor Duffy, ¿era usted propietario de un almacén situado en Wolf Street, en el polígono industrial de la ciudad?

—Sí, señor. Tenía dos socios en ese negocio.

—Pero vendió el almacén, ¿no es verdad?

—Sí, lo vendimos.

—Y la venta se produjo el pasado septiembre, ¿no?

—Si usted lo dice... Estoy seguro de que tiene todos los papeles.

—Desde luego que sí. Y mis papeles demuestran que ese almacén estuvo a la venta más de un año, que su precio en el mercado era de seiscientos mil dólares, que la hipoteca que el State Bank tenía sobre él era de quinientos cincuenta, y que usted y sus socios lo vendieron al final por poco más de cuatrocientos mil. —Hogan no dejaba de blandir papeles mientras hablaba—. ¿Está usted de acuerdo, señor Duffy?

—Sí, me parece que sí.

—O sea, que perdió una buena cantidad en esa operación.

—No fue uno de mis mejores negocios.

—¿Tenía usted mucha prisa por vender ese almacén?

—No.

—¿Necesitaba usted el dinero, señor Duffy?

El testigo se agitó en su asiento, incómodo.

—Bueno, nosotros, mis socios y yo, necesitábamos vender ese almacén.

Durante los siguientes veinte minutos, Hogan molestó al señor Duffy y a sus socios con sus apuros financieros. Duffy se negó a reconocer que hubiera estado desesperado, pero cuando el interrogatorio se hizo más duro resultó obvio que el testigo había montado negocio tras negocio a medida que iban fracasando. Hogan disponía de muchísima documentación. Mostró copias de dos demandas presentadas contra Duffy y sus ex socios y lo presionó con las alegaciones de ambas. Duffy negó que él fuera el responsable, y reconoció que los negocios no le habían ido bien, pero se aferró a la tesis de que no estaba ni remotamente en bancarrota.

Jack Hogan hizo un estupendo trabajo a la hora de retratar a Duffy como un comerciante poco escrupuloso que a duras penas conseguía mantenerse un paso por delante de sus acreedores. A pesar de todo, de ahí a relacionar sus problemas económicos con el asesinato había un gran trecho.

Cambiando de asunto, Hogan se preparó para lanzar otra bomba. Indagó educadamente acerca de las desavenencias conyugales de Duffy y, tras algunas respuestas, preguntó:

—Dígame, señor Duffy, usted ha declarado que se marchó de casa, ¿no es así?

—Así es.

—Y esa separación, ¿duró todo un mes?

—Yo no la llamaría «separación». Nunca hablamos de ese periodo en tales términos.

—Entonces ¿cómo lo llamaban?

—No nos molestamos en llamarlo de ninguna manera, ¿sabe usted?

—Está bien, ¿y cuándo se marchó usted?

—No llevo un diario, pero diría que fue en julio del año pasado.

—Es decir, unos tres meses antes de que su esposa fuera asesinada.

—Más o menos.

—¿Y adónde se mudó usted?

—No creo que llegara a mudarme de verdad. Simplemente cogí un poco de ropa y me fui.

—De acuerdo, y ¿adónde fue?

—Pasé unas cuantas noches en el Marriott que hay al final de la calle. Después estuve en casa de uno de mis socios, que también está divorciado y vive solo. Fue un mes muy malo.

—O sea que estuvo usted yendo de un lado para otro durante un mes.

—Eso es.

—Después volvió a casa, hizo las paces con la señora Duffy y los dos vivían felices cuando ella fue asesinada.

—¿Me está haciendo una pregunta?

—La pregunta se la hago ahora —contestó Jack Hogan, regresando con más documentos. Entregó uno a Duffy, y éste palideció nada más verlo—. ¿Lo reconoce, señor Duffy?

—Esto… No estoy seguro.

—Permítame que lo ayude. Se trata de un contrato de alquiler de cuatro páginas para un departamento situado en Weeksburg, a unos cuarenta kilómetros de aquí. El alquiler es de un elegante departamento de dos dormitorios situado en un distinguido edificio. Dos mil dólares al mes. ¿Le suena, señor Duffy?

—No… Yo…

—Y es un contrato de alquiler por un año, que comienza en junio pasado.

Duffy se encogió de hombros, como si no supiera nada.

—No lleva mi firma.

—No, pero sí la de su secretaria, una tal señorita Judith Maze, una mujer que lleva veinte años viviendo con su marido en Strattenburg. ¿No es así, señor Duffy?

—Si usted lo dice. Es mi secretaria.

—¿Y por qué iba ella a firmar un contrato de alquiler como ése?

—No tengo ni idea. Quizá debería usted preguntárselo a ella.

—Señor Duffy, ¿me está diciendo usted que quiere que la llame a declarar como testigo?

—Desde luego, adelante.

—¿Ha visto usted alguna vez este departamento?

Duffy parecía aturdido, como si se estuviera aferrando a una pendiente resbaladiza. Miró al jurado y lo obsequió con una forzada sonrisa.

—Sí, he estado allí un par de veces.

—¿Sin más compañía? —inquirió Hogan con gran suspicacia.

—Claro que fui solo. Estuve en la ciudad por negocios, se me hizo tarde y me quedé a dormir en el departamento.

—Muy oportuno. ¿Y quién paga el alquiler?

—No lo sé. Tendrá que preguntar a la señorita Maze.

—Señor Duffy, ¿está usted diciendo a este jurado que no alquiló ese apartamento y que tampoco paga el alquiler?

—Eso mismo.

—¿Y que sólo ha dormido allí un par de veces?

—Eso mismo.

—¿Y que el alquiler de dicho departamento no tiene nada que ver con los problemas que su mujer y usted estaban teniendo?

—No. Se lo repito, yo no alquilé ese departamento.

Para Theo, que conocía la verdad, la honradez de Duffy acababa de ser puesta en duda. Parecía evidente que mentía con respecto al departamento. Y si había dicho una mentira, sin duda diría más.

Evidentemente, Jack Hogan no tenía forma de demostrar que Duffy había utilizado la vivienda, de manera que se vio obligado a cambiar de asunto y pasó al golf. El interrogatorio perdió fuerza. Duffy sabía mucho más que el fiscal de ese deporte, y los dos se enzarzaron en una discusión que duró casi una hora.

Eran casi las seis de la tarde cuando Jack Hogan se sentó. El juez Gantry anunció sin pérdida de tiempo:

—He decidido que mañana no se celebre ninguna audiencia. Creo que el jurado necesita un descanso. Confío en que disfruten de un fin de semana reparador, puesto que volveré a verlos el lunes, a las nueve de la mañana. En ese momento tendrán ustedes las conclusiones finales, y el caso estará en sus manos. Recuerden que no deben hablar de éste con nadie y que, si alguien se pone en contacto con ustedes con relación a este caso, deben notificármelo de inmediato. Gracias por su colaboración. Nos veremos el lunes.

Los alguaciles escoltaron al jurado y lo hicieron salir por una puerta lateral.

Cuando hubieron salido, el juez Gantry se dirigió a los letrados.

—¿Algo más, caballeros? —preguntó.

Jack Hogan se levantó.

—Nada más por el momento, señoría.

Clifford Nance se puso en pie y negó con la cabeza.

—Muy bien. La audiencia queda aplazada hasta el lunes por la mañana.

18

Esa noche Theo durmió bien por primera vez desde hacía días. El sábado se despertó tarde y, cuando bajó por la escalera con Judge, se dio cuenta de que en la cocina se estaba celebrando una conferencia familiar. Su padre se encontraba ante la estufa, preparando huevos revueltos; su madre, todavía en bata, tecleaba en la computadora situada en un extremo de la mesa; e Ike, que, según recordaba Theo no había puesto los pies en aquella casa desde hacía trece años, se hallaba sentado en el extremo opuesto con el diario extendido ante él, examinando los anuncios clasificados y tomando notas. Llevaba un gastado pants de color naranja y una gorra de los Yankees. El aire estaba cargado de conversaciones y aromas de desayuno. Judge corrió hasta la cocina y empezó con sus habituales gemidos suplicando comida.

Theo les dio los buenos días, se acercó a la estufa y echó un vistazo a lo preparado.

—Son huevos revueltos —explicó su padre.

Woods Boone cocinaba aún peor que su esposa, y aquellos huevos tenían un aspecto un poco crudo; al menos eso le pareció a Theo, que se sirvió un vaso de jugo de toronja y se sentó frente a la mesa.

Nadie dijo una palabra hasta que Ike comentó:

—Aquí hay un departamento con dos dormitorios, encima de un garaje, en Millmont. Seiscientos al mes. No es un mal barrio.

—Millmont está bien —convino el señor Boone.

—Esa mujer gana siete dólares la hora y trabaja treinta horas a la semana —explicó la señora Boone, sin levantar la vista de la pantalla—. Una vez deducidos impuestos y otras necesidades no creo que le queden más de trescientos dólares al mes. No se lo puede permitir. Por eso viven en el albergue.

—¿Y dónde crees que encontraremos un departamento por trescientos dólares al mes? —preguntó Ike con un dejo de irritación en la voz, pero también sin levantar la vista. En esos momentos todos evitaban mirarse unos a otros.

Theo se limitaba a observar y escuchar.

—Si se trata de un departamento de garaje, seguramente pertenecerá a un soltero —comentó el señor Boone—. No creo que quiera alquilarlo a unos salvadoreños ni a nadie que no sea de aquí.

Sirvió una ración de huevos en un plato, le añadió una tostada y se lo pasó a Theo, que le dio las gracias en voz baja. Judge recibió por fin su parte del desayuno.

Theo empezó a comer en silencio. El desinterés de su familia por hacerlo partícipe de la conversación lo irritó. Además, los huevos estaban claramente crudos.

—¿Buscando departamento? —preguntó al fin.

—Sí —respondió Ike, con aire ausente.

Salvadoreños. Albergue. Las pistas iban en aumento.

—Woods, mira esto —dijo su esposa—. Nick Wetzel anuncia que hace papeles para inmigrantes. ¿Sabes si es un abogado de fiar? No lo conozco.

—Es de los que ponen anuncios constantemente —contestó el señor Boone—. Solía aparecer en televisión ofreciéndose para mediar en accidentes de tráfico. Yo me mantendría alejado de él.

—Bueno, pues sólo hay dos abogados en la ciudad que mencionen que hagan papeles —dijo ella.

—Pues habla con los dos —sugirió Ike.

—Eso haré —contestó la madre de Theo.

—¿Qué están haciendo? —quiso saber Theo.

—Tenemos un día muy ocupado —le dijo su padre, que se sirvió un café y tomó asiento—, pero tú y yo tenemos un importante partido de golf.

Theo no pudo contener una sonrisa. Jugaban golf casi todos los sábados, pero no había pensado en ello en los últimos días. Al igual que el resto de la ciudad, había dado por hecho que el juicio se prolongaría al sábado y tenía intención de asistir.

—Estupendo, ¿cuándo?

—Deberíamos marcharnos en media hora.

Treinta minutos más tarde estaban cargando los palos de golf en el maletero del todoterreno de su padre y hablando de la buena mañana que hacía. Estaban a mediados de abril, era un día sin nubes y cálido, las azaleas estaban en flor y los vecinos se afanaban en sus jardines.

Al cabo de unos minutos, Theo preguntó adónde iban, porque era evidente que no se dirigían al campo municipal donde siempre jugaban.

—Hoy vamos a probar un campo nuevo.

—¿Cuál? —Theo sólo conocía tres en los alrededores.

—Waverly Creek.

Theo se tomó un momento para asimilar la noticia.

—Impresionante, papá —dijo al fin—. El escenario de un crimen.

—Algo parecido. Tengo un cliente que vive allí y que nos

ha invitado a jugar. De todas maneras no nos acompañará. Saldremos tú y yo solos. Haremos el recorrido del Creek Course, de modo que puede que no encontremos demasiada gente.

Diez minutos más tarde se detuvieron ante la suntuosa entrada de Waverly Creek. Un gran muro de piedra bordeaba la carretera y se perdía pasada una curva. Una verja impedía el paso del tráfico. Un hombre uniformado salió de una garita y se les acercó mientras el señor Boone bajaba la ventanilla.

—Buenos días —dijo el vigilante, que sostenía un sujetapapeles.

—Buenos días. Me llamo Woods Boone y soy invitado del señor Kilpatrick. Vengo con mi hijo para jugar unos hoyos.

El vigilante comprobó sus papeles.

—Bienvenido, señor Boone. Ponga esto en el tablero —le dijo, entregándole una tarjeta amarilla—. Que tengan un buen día.

—Gracias —repuso el señor Boone viendo que la verja se abría.

Theo ya la había cruzado con anterioridad, unos años atrás, con ocasión de la fiesta de cumpleaños de un amigo que se había mudado a otra ciudad. Recordaba las grandes casas, las amplias avenidas, los coches caros y los jardines perfectamente cuidados. Siguieron por una carretera bordeada de viejos árboles desde la que divisaron algunas calles y *greens*. El campo parecía impecable, como recién salido de una revista. En todos los *tees* había jugadores practicando el *swing*; y en los *greens*, otros inclinados sobre sus *putters*. Theo empezó a impacientarse. No había nada que le gustara más que hacer dieciocho hoyos con su padre en un campo con poca gente, y al mismo tiempo no había nada más frustrante que intentar pegarle a la bola teniendo a cuatro jugadores esperando detrás.

La casa-club estaba llena. Había docenas de golfistas deseando salir en una mañana como aquélla. El señor Boone recogió las tarjetas en recepción y alquiló un coche eléctrico. Padre e hijo se dirigieron al campo de prácticas. Theo no pudo evitar mirar en derredor, buscando al primo de Julio. Incluso era posible que viera al señor Duffy en persona, jugando con sus amigos tras una dura semana en el juzgado. Éste había depositado una fianza el día de su arresto y no había pisado la cárcel.

Y tal como iba el juicio, parecía poco probable que acabara tras las rejas.

Sin embargo, Theo no vio a ninguno de los dos. El hecho de que estuviera pensando en ellos significaba que no estaba concentrado en el juego. Tiró unas cuantas bolas, todas desviadas, y empezó a preocuparse por su *swing*.

Salieron al campo al mismo tiempo; su padre desde el *tee* de amarillas; y él, desde el naranja. Su golpe con el *driver* fue una línea recta de apenas cien metros.

—Mantén la cabeza quieta cuando golpees —le dijo su padre mientras subían al coche eléctrico.

Los consejos aumentarían a medida que el día avanzara. El señor Boone llevaba treinta años jugando golf y sólo tenía un nivel medio, pero eso no le impedía dar consejos, especialmente a su hijo.

Delante tenían a un grupo de cuatro, y a nadie por detrás. El Creek Course era más estrecho y corto, y por lo tanto no era el favorito de los socios. Había sido diseñado para seguir el perfil del Waverly Creek, un pequeño pero traicionero riachuelo, famoso por su insaciable apetito de bolas. Los Nueve Norte y los Nueve Sur estaban abarrotados, pero no el Creek Course.

Mientras esperaban sentados en el cochecito a que el grupo de delante acabara de patear en el hoyo tres, el señor Boone comentó:

—Escucha, Theo, el plan es el siguiente. Ike está buscando un piso para la familia Peña. Algo pequeño y barato. Si les hace falta dinero para pagar el alquiler, tu madre y yo podremos echarles una mano. Esto es algo que llevamos hablando desde hace semanas, de modo que no se trata de nada nuevo. Ike, que tiene un gran corazón pero una cuenta corriente pequeña, también está dispuesto a ayudar. Si podemos encontrar un sitio rápidamente, quizá Carola consiga convencer a su sobrino, el primo de Julio, para que vaya a vivir con ellos. Será un ambiente mucho más estable para todos. Ike está buscando en estos momentos, y tu madre está hablando con abogados de inmigración. Es posible que la ley permita que un ilegal legalice su situación si cuenta con un trabajo fijo y un padrino que sea ciudadano norteamericano. Vamos, démosle a la bola.

Salieron, volvieron a subir al coche y enfilaron por el *carpath*. Las dos bolas estaban en el *rough*.

El señor Boone siguió hablando mientras conducía.

—Tu madre y yo estamos dispuestos a apadrinar al primo de Julio. Seguramente podré ayudarlo a buscar un trabajo mejor, uno que sea legal. Si vive con su tía y sus primos es posible que consiga legalizar su situación en un par de años. Lo de la nacionalidad es otra historia.

—¿Y dónde está la trampa? —quiso saber Theo.

—No hay ninguna trampa. Queremos ayudar a la familia Peña a salir del albergue y lo haremos al margen de lo que pase con su primo; pero tenemos que convencerlo para que se presente a declarar, para que cuente la verdad, para que se siente en el estrado de los testigos y explique lo que vio al jurado.

—¿Y cómo vamos a convencerlo para que lo haga?

—Esa parte del plan está todavía en fase de maduración.

La bola de Theo se hallaba cerca del *car-path*, a cierta distancia de la calle. Pegó un buen hierro cinco y la dejó cerca del *green*.

—Buen golpe, Theo.

—De vez en cuando tengo suerte.

El hoyo seis era un *dog-leg* a la izquierda, con una calle ancha bordeada a la derecha por bonitas casas. Desde el *tee* de salida se podía ver la parte de atrás del hogar de los Duffy, a unos ciento cincuenta metros del *car-path*. Cerca de allí, un jardinero estaba cortando el césped.

«Tal como estoy jugando, ese hombre corre peligro», se dijo Theo.

Sin embargo, el jardinero salió ileso de los *driver* de los Boone. Mientras avanzaban por el camino, el señor Boone comentó:

—¿Verdad que me dijiste que tenías un mapa aéreo de esta zona del campo?

—Sí, en el despacho.

—¿Crees que podrías dar con el sitio donde nuestro testigo estaba escondido?

—Puede ser. Estaba por allí —dijo Theo, señalando una zona de árboles, más allá de la calle. Se acercaron con el coche, bajaron y empezaron a caminar por la espesura como dos golfistas que hubieran perdido sus bolas. El lecho seco de un arroyo discurría entre los árboles, al otro lado había una pila de troncos. El lugar perfecto para sentarse y almorzar tranquilamente.

—Éste podría ser el sitio —dijo Theo, señalándolo con el dedo—. Dijo que estaba sentado en unos troncos y que veía perfectamente la casa.

Theo y su padre se sentaron en lo alto del montón. Desde allí tenían una vista despejada de la casa.

—¿A qué distancia crees que está? —preguntó Theo.

—A unos cien metros —repuso el señor Boone sin vacilar, como suelen hacer los golfistas experimentados a la hora de calcular distancias—. Es un escondite estupendo. Nadie podría verlo sentado aquí. A nadie se le ocurriría mirar entre los árboles.

—Cuando estudias la foto aérea, se puede ver el cobertizo de mantenimiento que hay más allá. —Theo señalaba al otro lado de la calle—. Según el primo, los trabajadores se reúnen allí para comer a las once y media; pero el primo prefería comer solo, así que supongo que se escondía aquí.

—He traído una cámara. Voy a tomar unas cuantas fotos.

El señor Boone sacó una cámara digital de su bolsa de palos y tomó unas cuantas imágenes de la zona arbolada, del lecho seco y del montón de troncos. Luego se dio la vuelta y tomó más de la calle y de las casas del otro lado.

—¿Para qué son? —preguntó Theo.

—Es posible que las necesitemos.

Estuvieron unos minutos tomando fotos. Después, salieron del bosque y casi habían llegado al coche eléctrico cuando Theo miró al otro lado de la calle. Pete Duffy se hallaba en el jardín de su casa, observándolos con unos binoculares. No había más golfistas cerca.

—Papá… —dijo en voz baja.

—Sí, ya lo he visto —contestó su padre—. Sigamos jugando.

Intentaron hacer caso omiso del señor Duffy mientras daban sus segundos golpes, que no cayeron cerca del *green*. A continuación subieron al coche y se alejaron. Pete Duffy no bajó los binoculares en ningún momento.

Acabaron los primeros nueve hoyos en dos horas y decidieron dar una vuelta con el coche para ver los recorridos Norte y Sur. El diseño de Waverly Creek era impresionante, con magníficas mansiones escondidas entre las calles y un grupo de casas contiguas agrupadas alrededor de un lago; también disponía de un parque de juegos para niños, y de senderos para bicicletas y corredores que se entrecruzaban con los *car-path*; pero, sobre todo, tenía unas calles y unos *greens* preciosos.

Un grupo de cuatro estaba saliendo del hoyo catorce cuando se acercaron. Las normas de etiqueta del golf exigen silencio en los *tees* de salida, de modo que el señor Boone detuvo el vehículo antes de que los vieran. Cuando el grupo se puso en marcha, el señor Boone se acercó al *tee* de salida. Junto al camino había un surtidor de agua fría, una papelera y una máquina para limpiar bolas.

—Según Julio, su primo vio cómo Duffy tiraba sus guantes en la papelera del catorce. Supongo que debe de ser ésta.

—¿No te lo dijo el primo personalmente?

—No. Solamente he hablado una vez con el primo, y fue el miércoles por la noche, en el albergue. Julio se presentó en el despacho a la noche siguiente, con los guantes.

—De modo que no tenemos ni idea de dónde estaba el primo ni de por qué vio a Duffy tirar los guantes en el catorce.

—Supongo que no.

—Y tampoco sabemos por qué los cogió.

—Según Julio, los chicos que trabajan en el campo suelen rebuscar en las papeleras por si encuentran algo de valor.

Tomaron unas cuantas fotos y se alejaron antes de que llegara el siguiente grupo.

19

Después del golf, Theo y su padre pasaron por el albergue de Highland Street para ver a Julio y a sus hermanos. Todos los sábados, Carola Peña trabajaba de lavaplatos en un hotel del centro, lo cual significaba que tenía que dejar a sus hijos en el albergue. Éste organizaba juegos y actividades para los más pequeños, pero Theo sabía que los sábados no eran tan agradables. Veían mucha televisión, jugaban a la pelota en el pequeño patio y, si tenían la suerte de que el supervisor hubiera recaudado dinero suficiente, iban al cine en autobús.

Theo y su padre habían tenido una idea mientras estaban en el campo. El Stratten College era una pequeña universidad privada que había sido fundada en la ciudad un siglo antes. Sus equipos de futbol y de baloncesto no podían competir con los de otras más grandes; sin embargo, el de beisbol era uno de los destacados de la Tercera División. A las dos de la tarde había un doble juego.

El señor Boone lo consultó con el supervisor del albergue. Como era de esperar, Julio, que estaba a cargo de los gemelos, se mostró encantado ante la idea de poder salir. Los tres echaron a correr hacia el todoterreno y saltaron al asiento de atrás. Minutos después, el señor Boone se detuvo ante el hotel, se estacionó ilegalmente en la acera y dijo:

—Iré a avisar a su madre. No se muevan de aquí.

Regresó al cabo de un momento.

—Le parece estupendo —les informó.

—Gracias, señor Boone —dijo Julio.

Los gemelos estaban demasiado emocionados para articular palabra.

El equipo del Stratten College jugaba en Rotary Park, un antiguo y pintoresco estadio situado en los aledaños del centro, cerca del campus. Rotary Park era casi tan antiguo como la universidad y, desde hacía unos años, acogía a varios equipos de las ligas menores, ninguno de los cuales solía aguantar mucho tiempo. Su fama provenía del hecho de que el legendario Ducky Medwick había jugado allí la temporada de 1920 con un equipo Doble A, antes de fichar con los Cardenales. Cerca de la puerta principal había una pequeña placa que rememoraba el breve paso de Medwick por Strattenburg. De todas maneras, Theo nunca había visto que nadie se fijara en ella.

El señor Boone compró las entradas en el mostrador, que sólo contaba con una taquilla. El hombre que las vendía llevaba haciéndolo desde la época de Medwick. Tres dólares los adultos y un dólar por cabeza los niños.

—¿Qué les parecen unas palomitas? —preguntó el señor Boone, contemplando los maravillados rostros de Rita y de Héctor.

Cinco bolsas de palomitas y cinco refrescos: veinte dólares. Se instalaron en las gradas, justo detrás del dugout del equipo local, cerca de la primera base. Había muchos asientos libres y pocos seguidores, de manera que los acomodadores les dejaron sentarse donde quisieran. El estadio tenía cabida para unas dos mil personas, y a los viejos del lugar les gustaba presumir de las grandes multitudes que habían llegado a congregarse en él. Theo solía ver cinco o seis partidos del Stratten

College todas las temporadas y nunca había visto el estadio más que medio lleno. De todos modos le encantaba, con su techo colgante, sus antiguas tribunas, sus graderías de madera, su pared de fondo pintada con brillantes anuncios de todo lo que había en Strattenburg, desde una empresa raticida hasta la cervecería local, pasando por los abogados que buscaban clientes. Un verdadero estadio de beisbol.

Aun así, siempre estaban los que querían demolerlo. Durante el verano, una vez finalizada la temporada universitaria, permanecía casi vacío, y había polémicas sobre lo que costaba mantenerlo. Aquello sorprendía a Theo porque, si miraba a su alrededor, le costaba adivinar en qué habían gastado el dinero para mantenerlo.

Todo el mundo se puso de pie cuando sonó el himno nacional. Luego, el Stratten College ocupó sus posiciones en el campo. Los cuatro chicos se sentaron juntos, y el señor Boone se situó detrás de ellos, escuchando atentamente.

—Muy bien —dijo Theo, erigido en jefe—. Hoy sólo inglés, ¿sí? Vamos a practicar su inglés.

Naturalmente, los Peña cambiaban a español cuando hablaban entre ellos. Héctor y Rita sólo tenían ocho años y no sabían nada de beisbol, así que Theo se lo explicó.

Su madre y su tío llegaron al comienzo de la tercera entrada y se sentaron junto al señor Boone, que se había alejado un poco de los chicos. Theo intentó oír lo que susurraban entre ellos. Ike había encontrado un departamento con un alquiler de quinientos dólares al mes. La señora Boone aún no había tratado el asunto con Carola Peña, porque ésta se encontraba trabajando en el hotel. También hablaron de otros asuntos, pero Theo no llegó a saber de cuáles.

El beisbol puede ser aburrido para unos niños de ocho años que no entienden de qué se trata, así que, al final de la quinta entrada, ya estaban tirándose palomitas y corriendo entre las gradas. La señora Boone les preguntó si les apetecía un helado, y los dos se abalanzaron sobre semejante oportunidad. Cuando se alejaron, Theo se decidió a mover ficha y preguntó a Julio si le apetecía ver el juego desde los bancos centrales. Éste contestó que sí, y los dos se trasladaron hasta que finalmente se decidieron por una vieja zona de asientos situada justo por encima del muro de jardín central. Estaban solos.

—Me gusta la vista desde aquí —comentó Theo—. Además, nunca hay nadie.

—A mí también me gusta —dijo Julio.

Charlaron del sitio un momento, hasta que Theo cambió de conversación.

—Escucha, Julio, tenemos que hablar de tu primo. No me acuerdo de cómo se llama. De hecho, me parece que ni siquiera sé su nombre.

—Se llama Bobby.

—¿Bobby?

—Bueno, en realidad es Roberto, pero le gusta que le llamen Bobby.

—De acuerdo. ¿Y se apellida Peña, como ustedes?

—No. Su madre y la mía son hermanas. Él se apellida Escobar.

—Bobby Escobar.

—Eso es.

—¿Trabaja todavía en el campo de golf?

—Sí.

—¿Y sigue viviendo en el Quarry?

—Sí. ¿Por qué lo preguntas?

—En estos momentos se ha convertido en un personaje muy importante. Tiene que presentarse voluntariamente a declarar y contar a la policía todo lo que vio el día en que esa mujer fue asesinada.

Julio se volvió bruscamente y miró a Theo como si éste se hubiera vuelto loco.

—¡No puede hacer eso!

—Quizá sí. ¿Qué me dirías si pudiéramos ofrecerle protección? Nada de arresto ni de cárcel. ¿Sabes lo que significa la palabra «inmunidad»?

—Ni idea.

—Bueno, en términos legales quiere decir que puede llegar a un trato con la policía. Si se presenta y declara libremente, la policía lo dejará en paz. Será inmune. Incluso es posible que haya un modo de legalizar su situación.

—¿Has hablado con la policía?

—No, para nada.

—Pero se lo has contado a alguien, ¿verdad?

—No he revelado su identidad. Tu primo está a salvo, pero tengo que hablar con él, Julio.

Un jugador del equipo contrario bateó una bola que rebotó en la barda del jardín derecho, y lo vieron correr y deslizarse en la tercera base para completar un triple. Theo tuvo que explicar la diferencia entre que la bola rebotara en la barda o que pasara por encima de ésta. Julio comentó que en El Salvador no se jugaba mucho beisbol, y que casi todo era futbol.

—¿Cuándo volverás a ver a Bobby? —le preguntó Theo.

—Puede que mañana. Suele venir por el albergue los domingos. Así vamos todos juntos a misa.

—¿Hay forma de que pueda hablar con él esta noche?

—No lo sé. No tengo ni idea de lo que hace durante el día.

—Julio, el tiempo es crucial en este asunto.

—¿Qué quiere decir «crucial»?

—Que es muy importante. El juicio finalizará el lunes, de modo que es muy importante que Bobby se presente y cuente todo lo que vio.

—No sé...

—Julio, mis padres son abogados. Ya los conoces y sabes que son de fiar. ¿Qué te parecería si pudiéramos encontrar un departamento para ti y tu familia, incluido Bobby, un sitio agradable para todos, y que al mismo tiempo mis padres apadrinaran a Bobby para que pudiera legalizar su situación? Piénsalo: se acabó el esconderse de la policía y preocuparse por las redadas de Inmigración. Toda la familia podría vivir junta, y Bobby tendría sus papeles. ¿No estaría bien?

Julio tenía la mirada perdida en el vacío mientras asimilaba el significado de aquellas palabras.

—Sería fabuloso, Theo.

—Pues entonces esto es lo que hay que hacer: primero, dices que estás de acuerdo en que mis padres se impliquen en este asunto. Estarán de su lado. Son abogados.

—De acuerdo.

—Bien. A continuación, vas a ver a Bobby y lo convences de que es un buen trato. Tienes que convencerlo de que somos de fiar. ¿Crees que puedes hacerlo?

—No lo sé.

—¿Sabes si Bobby le ha contado a tu madre lo que vio?

—Sí. Ella es como una madre para él.

—Estupendo, entonces debes conseguir que tu madre hable con él. Ella lo convencerá.

—¿Me prometes que no irá a la cárcel?

—Te lo prometo.

—Pero tiene que hablar con la policía, ¿no?

—Quizá no con la policía, pero sí con alguien involucrado en el juicio; puede que con el juez, no lo sé. De todas maneras, es crucial que se presente a declarar. Es el testigo clave de un caso de asesinato.

Julio hundió el rostro entre las manos y apoyó los codos en las rodillas. Sus hombros parecían haberse hundido bajo el peso de las palabras y los planes de Theo. Durante un rato, no dijo nada. Theo observó a Héctor y a Rita en la distancia, sentados con su madre y charlando mientras se tomaban el helado. Woods e Ike estaban enfrascados en una conversación, cosa rara en ellos. El juego proseguía.

—¿Qué debo hacer ahora? —preguntó Julio.

—Primero, habla con tu madre. Luego, ustedes dos hablan con Bobby. Nos reuniremos mañana, ¿Sí?

—Está bien.

20

Theo se encontraba en el salón viendo una película en televisión por cable, cuando el celular vibró en su bolsillo. Eran las ocho y treinta y cinco del sábado por la noche, y la llamada provenía del albergue. Abrió el aparato.

—¿Sí?

—¿Eres tú, Theo? —preguntó la inconfundible voz de Julio.

—Sí, Julio. ¿Qué pasa?

Dejó el televisor en silencio. Su padre estaba en el estudio, leyendo una novela; y su madre, arriba, en la cama, tomándose un té verde y repasando una pila de documentos legales.

—He hablado con Bobby —explicó Julio—, y está muy asustado. La policía se ha pasado todo el día en el Quarry, comprobando los papeles de la gente y buscando problemas. Se llevaron a dos chicos de Guatemala, dos ilegales. Bobby cree que van detrás suyo.

Theo fue hasta el estudio mientras hablaba.

—Escucha, Julio, si la policía anda tras el rastro de Bobby, puedes estar seguro de que no tiene nada que ver con el juicio. Eso te lo prometo. —Se detuvo junto a su padre, que cerró el libro y escuchó atentamente.

—Fueron a buscarlo a su casa, pero él se había escondido en la calle.

—¿Hablaste con él, Julio? ¿Le contaste todo lo que comentamos esta mañana, durante el partido?

—Sí.

—¿Y qué te dijo?

—Ahora está demasiado asustado, Theo. No entiende cómo funcionan las cosas aquí. Cada vez que ve a un policía piensa que le va a ocurrir algo malo. Está convencido de que acabará en la cárcel, que se quedará sin trabajo y sin dinero y que lo regresarán a su país.

—Julio, escúchame —dijo Theo mirando a su padre con el entrecejo fruncido—, tu primo no va a tener que tratar con la policía. Si decide confiar en mis padres y en mí estará totalmente a salvo. ¿Le dijiste eso?

—Sí.

—¿Y lo entendió?

—No lo sé, Theo; pero quiere hablar contigo.

—Estupendo, pues hablaré con él. —Hizo un gesto afirmativo a su padre, y éste le correspondió—. Dime dónde y cuándo.

—No sé. Esta noche no quiere quedarse en su casa. Tiene miedo de que la policía aparezca en plena noche y lo detenga. De todas maneras yo puedo ponerme en contacto con él.

Theo estuvo a punto de preguntar «¿Cómo?», pero no dijo nada.

—Es importante que hablemos esta noche —insistió, y su padre asintió de nuevo.

—De acuerdo. ¿Qué le digo?

—Dile que se reúna conmigo en alguna parte.

—¿Dónde?

A Theo no se le ocurrió ninguna, pero su padre se adelantó y le susurró:

—El parque Truman. Junto al carrusel.

—¿Qué tal el parque Truman? —dijo Theo.

—¿Dónde está eso?

—Es el parque grande que hay al final de Main Street, que está lleno de fuentes y de estatuas. Todo el mundo sabe dónde está.

—De acuerdo.

—Dile que nos encontraremos allí a las nueve y media, dentro de una hora, más o menos. Junto al carrusel.

—¿Qué es un carrusel?

—Es una cosa con música y caballitos de madera, que da vueltas. Es una atracción para los niños y sus madres.

—Sí, lo he visto.

—Bien, pues a las nueve y media.

El carrusel seguía girando lentamente a primera hora de la noche del sábado. De sus viejos altavoces salían las notas de *It's a Small World* mientras unos cuantos niños pequeños y sus madres se aferraban a las barras que hacían subir y bajar los caballitos amarillos y rojos. Cerca había un puesto donde vendían limonada y algodón de azúcar. Una pandilla de adolescentes daba vueltas por allí, fumando e intentando hacerse los malos.

Woods Boone contempló el lugar y decidió que era seguro.

—Estaré esperando por allí —dijo, señalando la estatua de bronce de un olvidado héroe de guerra—. Así no me verás.

—Tranquilo, todo irá bien —repuso Theo, que no estaba preocupado por su seguridad. El parque estaba bien iluminado y había gente.

Diez minutos más tarde, Julio y Bobby Escobar salieron de entre las sombras y vieron a Theo antes de que éste los viera a ellos. Bobby estaba muy nervioso y no quería correr el riesgo de que lo descubriera la policía, de modo que los tres caminaron hasta el otro lado del parque y se sentaron en los escalones de un kiosco. Theo no veía a su padre, pero sabía que estaría observando.

Preguntó a Bobby si ese día había ido a trabajar y después le comentó que él y su padre habían jugado esa mañana en el recorrido del Creek Course. No, Bobby no había trabajado porque había pasado todo el día evitando a la policía. Aquello dio una oportunidad a Theo, que se lanzó por ella de cabeza. Le explicó en inglés que Bobby tenía la oportunidad de cambiar su vida para bien y dejar de ser un inmigrante ilegal para convertirse en uno apadrinado en vías de regularizar su situación.

Julio lo tradujo al español, y Theo no entendió gran cosa.

Siguió explicando que sus padres estaban dispuestos a ofrecerle el trato de su vida: un lugar mejor donde vivir, la posibilidad de hacerlo con su familia, de conseguir un trabajo mejor y un camino para convertirse en residente legal. Basta de esconderse de la policía y de temer ser repatriado.

Julio lo tradujo al español, y Bobby escuchó con rostro inexpresivo.

Viendo que no despertaba ninguna reacción, Theo decidió proseguir. Era importante que siguiera hablando. Bobby parecía a punto de levantarse y desaparecer.

—Explícale que es el testigo clave en un juicio por asesinato —pidió a Julio—, y que no hay ningún peligro en presentarse ante el tribunal y contar todo lo que vio ese día.

Julio obedeció, y Bobby asintió. Eso ya lo había oído antes. Dijo algo, y Julio lo tradujo.

—Dice que no quiere involucrarse, que ese juicio no es su problema.

Un coche de policía se detuvo en la entrada del parque,

lejos del kiosko, pero lo bastante cerca para que pudieran verlo. Bobby lo observó con cara de miedo, como si lo hubieran descubierto, y susurró algo a Julio, que le respondió en tono tajante.

—La policía no está buscando a Bobby —aseguró Theo—. Dile que se tranquilice.

Dos agentes se apearon del vehículo y echaron a andar hacia el centro del parque y el carrusel.

—Mira —explicó Theo—, el gordo se llama Ramsay Ross. Lo único que hace es poner multas de tráfico. No sé quién es el otro, pero no podemos interesarle menos.

Julio tradujo todo aquello al español, y Bobby volvió a respirar con normalidad.

—¿Dónde va a pasar la noche? —quiso saber Theo.

—No lo sé. Nos preguntó si podía quedarse en el albergue, pero no hay sitio.

—Puede quedarse con nosotros. Tenemos un dormitorio libre. Tú también puedes venir. Haremos una fiesta. Mi padre parará por el camino y comprará unas pizzas. Vamos.

A medianoche, los tres estaban gritando delante del televisor del salón, mientras jugaban un videojuego. Había almohadas y colchas tiradas por el suelo, y dos cajas de pizza abiertas. Judge roía las orillas tostadas de los restos.

Los padres de Theo se asomaban de vez en cuando. Les hacía gracia escuchar a Theo defenderse con su español y hacer lo posible por ponerse a la altura del de Julio y Bobby.

Les habría gustado tener más hijos, pero la naturaleza no había cooperado. Además, había momentos en que pensaban que con Theo tenían más que suficiente.

21

El juez Gantry esperó a que oscureciera el domingo para salir a pasear. Vivía a unas manzanas del edificio de los juzgados, en una vieja casa que había heredado de su abuelo —que también había sido un juez distinguido—, y a menudo salía a pasear por las calles de Strattenburg a primera hora de la mañana o a última de la tarde. Aquella noche le apetecía un poco de aire fresco y tiempo para pensar. El juicio del caso Duffy lo había tenido preocupado todo el fin de semana y había pasado horas buscando en sus libros de derecho sin encontrar la respuesta que buscaba. Se debatía entre cuestiones contrapuestas: ¿Por qué debía interrumpir un juicio debidamente documentado? ¿Por qué declarar juicio nulo si no se había infringido ningún precepto ni violado ningún principio ético? Lo cierto era que el juicio había transcurrido con total normalidad gracias a la competente labor de los dos letrados.

Además, en sus investigaciones no había encontrado antecedentes parecidos.

Las luces de Boone & Boone estaban encendidas. A las siete y media, tal como había prometido, el juez Gantry subió los escalones del porche y llamó a la puerta.

La abrió Marcella Boone, que le dio la bienvenida.

—Buenas noches, Henry. Por favor, pasa.

—Hola, Marcella. Hace veinte años que no pisaba estos despachos.

—Eso quiere decir que deberías visitarnos más a menudo —dijo ella, cerrando la puerta tras él.

El juez Gantry no era el único que había salido a pasear esa noche. Un individuo llamado Paco también lo hizo. Llevaba un pants oscuro, tenis de correr y una radio. Se mantuvo a prudente distancia del juez y, puesto que éste no pensaba que pudieran espiarlo, no le costó seguirlo. Deambularon por el centro de Strattenburg, uno de ellos sumido en sus pensamientos y ajeno a lo que lo rodeaba; el otro, manteniéndose a una manzana de distancia y siempre entre las sombras. Cuando Henry Gantry entró en Boone & Boone, Paco pasó trotando delante del bufete, anotó el número y la calle y siguió corriendo hasta doblar la esquina. Entonces se detuvo y apretó un interruptor de su radio.

—Está dentro, en el despacho de los Boone.

Momentos después, Omar Cheepe recogía a Paco y salían a Park Street. Cuando tuvieron a la vista el edificio del bufete, se estacionaron cerca. Cheepe apagó el motor y bajó la ventanilla para fumar.

—¿Lo has visto entrar? —preguntó.

—No —contestó Paco—. Lo vi doblar la esquina y dirigirse hacia la entrada. Sé que está ahí. Es el único sitio que está abierto por los alrededores.

—Es muy raro.

Era domingo por la noche y el resto de los edificios de oficinas se veían oscuros y desiertos. Sólo se apreciaba actividad en el bufete de los Boone, donde todas las luces de la planta baja estaban encendidas.

—¿Qué crees que pueden estar haciendo? —preguntó Paco.

—No estoy seguro. Los Boone estuvieron en el despacho de Gantry el viernes. Toda la familia, lo cual no tiene sentido porque Gantry estaba muy atareado. No son abogados criminalistas. Él se ocupa de asuntos inmobiliarios; y ella, de divorcios. Así pues, no tiene sentido que se presentaran en el despacho del juez en pleno juicio de un caso de asesinato. Y además estaba el niño. No lo entiendo. ¿Para qué iban sus padres a sacarlo del colegio y llevarlo ante Gantry? Ese chico se ha pasado toda la semana husmeando por el tribunal.

—¿Es Theo?

—Sí. Ese condenado niño se cree que es abogado. Conoce a todos los policías, a todos los jueces y a todos los auxiliares de juzgado. Se pasa la vida viendo juicios. Seguramente sabe más derecho que muchos abogados. Él y Gantry son muy amigos. Y ahora resulta que ha ido a ver al juez con sus padres y, de repente, Gantry decide que la audiencia no se celebre el sábado, como todos creían. Está pasando algo, Paco, y me da la impresión de que no nos favorece.

—¿Has hablado con Nance o con Duffy?

—Todavía no. Había pensado en enviarte allí y que husmearas alrededor del edificio para ver quién está adentro, pero resulta demasiado arriesgado. Si te ven se asustarán, interrumpirán lo que estén haciendo y es posible que llamen a la policía. Se trata del juez Gantry, ¿sabes? Las cosas podrían complicarse. Así pues, se me ha ocurrido una idea mejor: llamaré a Gus y que venga con la camioneta. La estacionaremos cerca del bufete y, cuando salgan, les tomaremos fotos. Quiero saber quién está allí.

—¿Tú qué crees?

—No lo sé, Paco, pero me apuesto lo que quieras a que los

Boone y el juez no están jugando cartas. Algo está ocurriendo, y no me gusta.

El juez Gantry entró en la biblioteca, donde lo esperaban el señor y la señora Boone, Ike y Theo. La larga mesa que dominaba la estancia se veía llena de libros, mapas y libretas y daba la impresión de que allí se había trabajado duramente. Hubo los saludos de rigor y la habitual charla intrascendente acerca del tiempo; pero, con los importantes asuntos que debían tratar, enseguida fueron al grano.

—Bueno —empezó el juez Gantry, cuando todos estuvieron sentados—, no hará falta que diga que esta reunión es completamente extraoficial. Dado que ninguno de ustedes está relacionado con el caso, no estamos haciendo nada incorrecto, evidentemente; pero ya imagino las preguntas que me harán si alguien se entera. ¿Entendido?

—Desde luego, Henry —dijo la señora Boone.

—No hay problema —repuso Ike.

—Ni una palabra —aseguró el señor Boone.

—Desde luego, señoría —convino Theo.

—Bien, me parece que quieren mostrarme algo.

Los tres Boone adultos miraron a Theo, que se levantó rápidamente. Tenía la computadora abierta ante él. Apretó una tecla y una foto apareció en la pantalla que había al fondo de la sala. Theo cogió un puntero láser, y un punto rojo bailó sobre la imagen.

—Esto es una foto aérea de la calle del hoyo seis del Creek Course. Por aquí está la casa de los Duffy, y aquí es donde estaba sentado el testigo en el momento de almorzar. —Apretó la tecla y apareció otra imagen—. Esto es una foto que tomamos ayer por la mañana en el campo. El testigo estaba sentado en este montón de troncos, cerca del arroyo seco, completamente oculto a la vista. —Otra tecla y otra foto—. Sin embargo, y como puede ver, el testigo tenía una vista perfecta de las casas situadas al otro lado de la calle, a unos cien metros de distancia.

—¿Estás seguro de que ése es precisamente el sitio donde se encontraba?

—Sí, señoría.

—¿Puedes reconstruir el momento y los acontecimientos?

—Sí, señoría.

—Será mejor que por el momento dejes lo de «señoría», Theo.

—De acuerdo. —Theo mostró otra foto aérea e iluminó una construcción con el puntero—. Eso es el cobertizo de mantenimiento. Como se puede ver, está cerca del bosque de la calle seis. La pausa para almorzar empieza a las once y media en punto porque el supervisor es muy estricto y quiere que sus hombres estén de vuelta al trabajo a las doce. A nuestro hombre le gusta alejarse de los demás para comer solo, rezar y contemplar la foto de su familia, porque los echa mucho de menos. Como puede verse, no hay más que un corto paseo por el bosque hasta su escondite favorito. Nuestro hombre calcula que estaba a la mitad de su almuerzo cuando vio que un hombre entraba en casa de los Duffy.

—Alrededor de las once cuarenta y cinco, ¿no?

—Sí, señor, y como usted sabe, el forense situó el momento de la muerte de la víctima alrededor de esa misma hora.

—Lo sé. ¿El hombre que entró en la casa volvió a salir antes de que ese testigo acabara de comer?

—Sí, señor. El testigo dice que suele volver al cobertizo unos minutos antes de las doce. Esa mañana vio salir al hombre antes de que hubiera acabado de comer. Calcula que el hombre estuvo dentro de la casa menos de diez minutos.

—Tengo una pregunta importante —dijo el juez Gantry—. ¿Ese testigo vio al hombre saliendo con un saco o una bolsa, algo donde éste hubiera podido guardar los objetos robados? Han declarado que se llevaron algunas cosas de la casa: dos pistolas, joyas y una valiosa colección de relojes. ¿El testigo vio si el hombre se llevaba algo?

—No lo creo, señor —respondió Theo, muy serio—. Yo también he estado pensando en esto y mi mejor suposición es que ese hombre se guardó las pistolas en el cinturón, y lo demás en los bolsillos.

—¿Qué clase de pistolas eran? —preguntó el señor Boone.

—Una nueve milímetros y un treinta y ocho corto —dijo el juez Gantry—. Sería fácil ocultarlas bajo la ropa.

—¿Y los relojes y las joyas?

—Unos cuantos collares y pendientes y tres relojes de pulsera. Todo eso cabe en los bolsillos de un pantalón.

—¿Y nada de eso ha sido encontrado? —quiso saber la señora Boone.

—No.

—Seguramente estará en el fondo de alguno de los lagos del campo de golf —comentó Ike, con una triste sonrisa.

—Probablemente tienes razón —dijo el juez Gantry para sorpresa de todos. El impasible árbitro que no tomaba partido acababa de decantarse a favor de una parte. Estaba claro que creía que Duffy era culpable.

»¿Y qué hay de los guantes? —preguntó.

Theo cogió una caja marrón, se sentó, la abrió y sacó la bolsa hermética que contenía los guantes de golf. La dejó ante el juez Gantry y, durante un momento, todos contemplaron aquella prueba como si fuera un ensangrentado cuchillo de carnicero. Theo apretó una tecla y en la pantalla apareció otra foto.

—Esto es el *tee* de salida del hoyo catorce del recorrido Nueve Sur. El testigo estaba arreglando un aspersor, justo aquí, en este montículo, cuando vio al hombre, al mismo hombre, quitarse los guantes y arrojarlos a la papelera.

—Una pregunta —interrumpió el juez Gantry—: ¿llevaba puestos otros guantes cuando tiró éstos?

A los Boone les resultó evidente que el juez Gantry había diseccionado la historia desde todos los ángulos.

—Eso no se lo pregunté —reconoció Theo.

—Lo más seguro es que sí —intervino el señor Boone—. No es nada raro que un jugador guarde algún guante en su bolsa de palos.

—¿Tiene importancia? —inquirió la señora Boone.

—No estoy seguro, Marcella. Es sólo curiosidad.

Se produjo una larga pausa, como si los reunidos estuvieran pensando lo mismo pero ninguno se atreviera a decirlo en voz alta. Finalmente fue Theo quien se decidió:

—Siempre se lo puede preguntar al testigo, señor.

—¿Está aquí?

—Sí, señor.

—Espera en mi despacho —explicó la señora Boone—. En estos momentos está representado legalmente por el bufete Boone & Boone.

—¿Y el bufete incluye a Theo? —preguntó el juez Gantry, haciendo reír a todos.

—Henry, tienes que garantizarnos que el testigo no será arrestado ni acusado de nada —dijo el señor Boone.

—Tienen mi palabra —aseguró el juez.

Bobby Escobar se hallaba sentado frente al juez, al otro lado de la mesa. A su izquierda estaba Julio, su primo e intérprete;

y a su derecha, su tía Carola Peña. Puesto que se trataba de una reunión familiar, Rita y Héctor esperaban en el despacho de la señora Boone, viendo la televisión.

Theo empezó su interrogatorio mostrando la misma foto aérea de la calle del hoyo seis del Creek Course, y con el puntero iluminó el sitio exacto donde Bobby solía comer. Luego, pasó otras imágenes y planteó sus preguntas cuidadosamente, dando tiempo de sobra a Julio para que tradujera. La historia se fue desplegando con toda naturalidad.

A pesar de que estaban atentos al menor error, sus padres y su tío se recostaron en sus asientos y lo contemplaron con orgullo.

Cuando los hechos quedaron establecidos y Bobby demostró ser un testigo fiable, el juez Gantry dijo:

—Bueno, ahora hablemos de la identificación.

Puesto que Bobby no conocía a Pete Duffy, era incapaz de decir si se trataba del mismo hombre que había entrado en la casa. Declaró que la persona que vio vestía suéter negro y pantalón marrón con una gorra a juego, el mismo conjunto que el señor Duffy llevaba cuando se cometió el asesinato. Theo pasó una serie de fotos de Duffy publicadas en los periódicos, pero lo único que Bobby pudo decir fue que el hombre de la foto se parecía al que había visto. Theo presionó otra tecla y proyectó tres videos que había empalmado en los que se veía a Duffy entrando o saliendo de los juzgados. Bobby repitió que estaba casi seguro de que se trataba del hombre en cuestión.

Y entonces, el golpe decisivo. La acusación había aportado como prueba veintidós fotografías de la escena del crimen, de la casa y del vecindario. Una de ellas, la prueba número quince, había sido tomada desde una posición cerca del linde de la calle. Mostraba la parte de atrás del hogar de los Duffy, su patio, las ventanas, la puerta trasera. A la derecha aparecían dos hombres de uniforme junto a un coche de golf. Sentado en él, se hallaba Pete Duffy, con aire aturdido y desamparado. La imagen había sido captada instantes después de que hubiera vuelto corriendo desde el restaurante de la casa-club.

Theo había conseguido la foto «visitando» la página web del tribunal que informaba del desarrollo del juicio. Si el juez Gantry le preguntaba cómo la había obtenido, estaba dispuesto a contestar: «Bueno, señoría, se ha mostrado en el tribunal y ha sido admitida como prueba, de modo que no puede considerarse confidencial, ¿verdad?».

Sin embargo, Gantry no dijo nada. Había visto la foto cientos de veces y no le dijo nada. Pero Bobby la veía por primera vez y empezó a hablar a toda prisa con Julio.

—¡Es él! —exclamó Julio, señalando a Duffy—. El hombre del coche. Es él.

—Señoría —dijo Theo—, quiero dejar constancia de que el testigo acaba de identificar al acusado, el señor Pete Duffy.

—Así es, Theo —contestó Gantry.

22

Los espectadores acudieron el lunes por la mañana para asistir al final del drama. Los jurados llegaron con expresión solemne, dispuestos a acabar el trabajo. Los letrados se vistieron con sus mejores trajes y aparecieron frescos e impacientes por conocer el veredicto. El propio acusado parecía descansado y seguro de sí. Los auxiliares y los alguaciles se afanaban de un lado a otro con su habitual energía matutina; pero cuando, a las nueve y diez de la mañana, ocuparon sus puestos, la sala pareció contener el aliento. Todos se pusieron en pie cuando el juez Gantry entró con su negra toga flotando tras él.

—Por favor, tomen asiento —dijo sin sonreír.

No parecía contento, pero sí muy cansado.

Recorrió la sala con la mirada, hizo un gesto afirmativo a la relatora, saludó al jurado y contempló a los espectadores, especialmente a los de la tercera fila a la derecha. Allí estaba Theo Boone, encajonado entre su padre y su tío, faltando al colegio, al menos por el momento. El juez Gantry clavó sus ojos en Theo, y sus miradas se cruzaron. Luego, se inclinó hacia el micrófono, se aclaró la garganta y dijo algo que nadie esperaba.

—Buenos días, damas y caballeros. Llegados a este punto del juicio del caso Duffy teníamos previsto escuchar las exposiciones finales de las partes. Sin embargo, no va a ser así.

Por razones que no voy a exponer en estos momentos, declaro la nulidad de este juicio.

Se oyeron exclamaciones contenidas por toda la sala. Theo observaba a Pete Duffy, que se volvió hacia Clifford Nance con la mandíbula desencajada. Los abogados de ambas partes parecían petrificados y parpadeaban mientras intentaban asimilar lo que acababan de oír. En la primera fila, justo detrás de la mesa de la defensa, Omar Cheepe se volvió y miró directamente a Theo, dos filas más atrás. La suya no fue una mirada hostil ni amenazadora, pero su oportunidad lo decía todo: «Esto es cosa tuya. Lo sé, pero aún no estoy acabado».

El jurado no sabía lo que ocurriría a continuación, de modo que el juez Gantry se lo explicó.

—Miembros del jurado —dijo, volviéndose hacia ellos—, declarar un juicio nulo significa que el juicio ha concluido. Los cargos contra el señor Duffy no son admitidos, pero sólo de momento. Los cargos se presentarán de nuevo y habrá un nuevo juicio en un futuro inmediato, pero con un jurado distinto. En todos los juicios por homicidio, el juez dispone de la facultad de declararlo nulo cuando cree que se ha producido algo que puede tener un efecto adverso en el veredicto. Eso es lo que ha sucedido en estos momentos. Les doy las gracias por el servicio que han prestado. Ustedes son una pieza importante de nuestro sistema judicial. Pueden marcharse si lo desean.

Los miembros del jurado estaban absolutamente perplejos, pero poco a poco empezaron a comprender que su deber cívico había concluido. Un alguacil los hizo salir por una puerta lateral. Mientras se marchaban arrastrando los pies, Theo miró con admiración al juez Gantry y, en ese instante, decidió que quería ser un gran juez, igual que su héroe del estrado; un juez que conociera las leyes al derecho y al revés y creyera en la justicia; pero, aún más importante, con el coraje de tomar decisiones difíciles.

—Te lo dije —le susurró Ike.

Desde el primer momento, lo mismo que el resto del bufete Boone, había estado seguro de que el juicio sería declarado nulo.

El jurado se marchó, pero nadie más se movió. La gente estaba perpleja y quería más información. Jack Hogan y Clifford Nance se levantaron a la vez y miraron al juez Gantry, pero antes de que pudieran hablar, este dijo:

—Caballeros, no voy a explicar mi decisión en este momento. Nos reuniremos mañana a las diez en punto en mi despacho y allí les expondré mis razones. Quiero que los cargos se vuelvan a presentar lo antes posible. Este juicio se reanudará la tercera semana de junio, y el acusado permanecerá en libertad bajo fianza con las mismas limitaciones. Se suspende la audiencia.

Dio un golpe con el mazo, se levantó y desapareció.

Una vez que se hubieron marchado el jurado y el juez, no quedó gran cosa que hacer. La gente se levantó y se dirigió hacia la puerta.

—Y ahora vete al colegio —le dijo el señor Boone a su hijo.

Theo estaba quitando la cadena a su bicicleta cuando su tío se acercó.

—¿Irás esta tarde?

—Claro —contestó Theo—. Es lunes.

—Tenemos que charlar. Ha sido una semana muy larga.

—Y que lo digas.

No lejos de allí, en la entrada principal, se oyó el ruido de la multitud intentando salir de los juzgados. Pete Duffy, rodeado por sus letrados, se alejaba precipitadamente entre las preguntas de los reporteros, que no obtuvieron respuesta. Omar Cheepe cerraba la marcha y llegó a propinar un empujón a uno de los periodistas. Iba a marcharse con su cliente cuando reparó en Theo que, subido en su bicicleta, contemplaba el alboroto junto a su tío. Cheepe se quedó quieto y pareció vacilar. ¿Debía darse prisa y proteger al señor Duffy o acercarse a Theo y proferir algún comentario amenazador?

Theo y Cheepe se miraron fijamente, separados por unos metros de distancia. Luego, Cheepe dio media vuelta y se alejó a toda prisa. Ike no pareció haber reparado en aquel cruce de miradas.

Theo también se marchó corriendo al colegio y sólo empezó a relajarse cuando dejó atrás el edificio de los juzgados. Le costaba creer que fuera lunes. ¡Habían pasado tantas cosas en siete días! Había tenido lugar el juicio más importante de la historia de la ciudad, pero aún no había concluido. Gracias a Theo se había evitado un veredicto erróneo. Se había preservado la justicia, al menos por el momento. Se dijo que iba a tomarse un descanso de sus obligaciones, pero no tardaría en reunirse con Bobby Escobar y Julio. Eso seguro. Tendría que encargarse de asesorar a Bobby y prepararlo para cuando tuviera que subir a declarar al estrado de los testigos, en junio.

Además, estaba Omar Cheepe, que complicaba las cosas. ¿Cuánto sabían realmente él, Clifford Nance y su cliente? Preguntas. Preguntas. Theo se sentía confundido pero entusiasmado a la vez.

Entonces pensó en April. Al día siguiente, martes, el juez dictaría una orden que la obligaría a vivir con uno de sus progenitores. No se requeriría su presencia ante el tribunal, pero ella estaría hecha polvo igualmente. Theo llegó a la conclusión de que tenía que hacerle compañía y decidió que se escabullirían para comer juntos y charlar del tema.

También pensó en Woody, cuyo hermano estaba en la cárcel con pocas probabilidades de salir de ella.

Estacionó su bicicleta junto a la bandera y entró en el colegio, aunque las clases ya habían empezado. Su madre le había escrito una nota de disculpa. Cuando Theo se la entregó a la señorita Gloria, en secretaría, vio que no sonreía. Y ella siempre sonreía.

—Siéntate, Theo —le dijo señalando la silla de madera de enfrente de su mesa.

«¿Por qué? —se preguntó Theo—, sólo llegué un poco tarde.»

—¿Qué tal estuvo el funeral? —le preguntó la señorita Gloria, muy seria.

Theo no entendía nada.

—¿Cómo dice?

—El funeral del viernes pasado. Tu tío te vino a recoger.

—¡Ah!, ese funeral… Sí, estuvo muy bien. Fue increíble.

La señorita Gloria miró nerviosa a un lado y a otro y se llevó un dedo a los labios, como diciendo «por favor, habla bajo». Las puertas de secretaría estaban abiertas.

—Theo —dijo entre susurros—, a mi hermano lo pararon anoche por conducir bajo los efectos del alcohol y se lo llevaron a la comisaría.

Miró a un lado y a otro para asegurarse de que estaban solos.

—Lo siento —contestó Theo, que ya imaginaba por dónde iban los tiros.

—No es ningún borracho. Es un hombre hecho y derecho, con mujer, hijos y un buen trabajo. Nunca se ha metido en problemas, y no sabemos qué hacer, la verdad.

—¿Qué lectura dio?

—¿Qué?

—Me refiero a la proporción de alcohol en la sangre.

—Ah, eso... ¿Puede ser que diera cero coma nueve?

—Sí. El límite es cero coma ocho, de modo que se ha metido en un problema. ¿Es la primera vez que lo detienen?

—¡Por Dios, Theo, claro que sí! No es ningún alcohólico. Sólo se tomó un par de copas de vino.

Un par de copas. Siempre un par de copas. Independientemente de lo ebria o de lo pendenciera que pudiera estar, la gente nunca se tomaba más de un par de copas.

—El policía que lo detuvo dijo que podía pasar diez días encerrado —siguió explicando la señorita Gloria—. Es de lo más embarazoso.

—¿Qué policía fue? —preguntó Theo.

—¿Cómo voy a saberlo?

—A algunos policías les gusta asustar a la gente. A su hermano no le caerán diez días. Eso sí, tendrá que pagar una multa de seiscientos dólares, le retirarán el permiso de conducir durante seis meses y tendrá que pasar por la escuela de conducir. Dentro de un año, sus antecedentes se borrarán. ¿Ha pasado toda la noche tras las rejas?

—Sí. No quiero ni pensar en...

—Entonces lo soltarán. Es mejor que anote el nombre que le voy a dar. —La señorita Gloria ya tenía el lápiz preparado—. Se llama Taylor Baskin, es un abogado especialista en casos de alcoholemia —explicó Theo.

—¡Mi hermano no es ningún alcohólico! —saltó la señorita Gloria en voz más alta de lo necesario.

Los dos se volvieron para mirar si alguien estaba escuchando. No había nadie.

—Lo siento. Taylor Baskin es el mejor para estos casos.

Diga a su hermano que lo llame. Ahora tengo que irme a clase.

La señorita Gloria acabó de anotar los datos.

—Gracias, Theo. Y por favor, no se lo digas a nadie.

—No se preocupe. ¿Puedo marcharme ya?

—Oh, sí, claro. Y muchas gracias de nuevo.

Theo se levantó y salió a toda prisa de la oficina dejando atrás a otra clienta satisfecha.